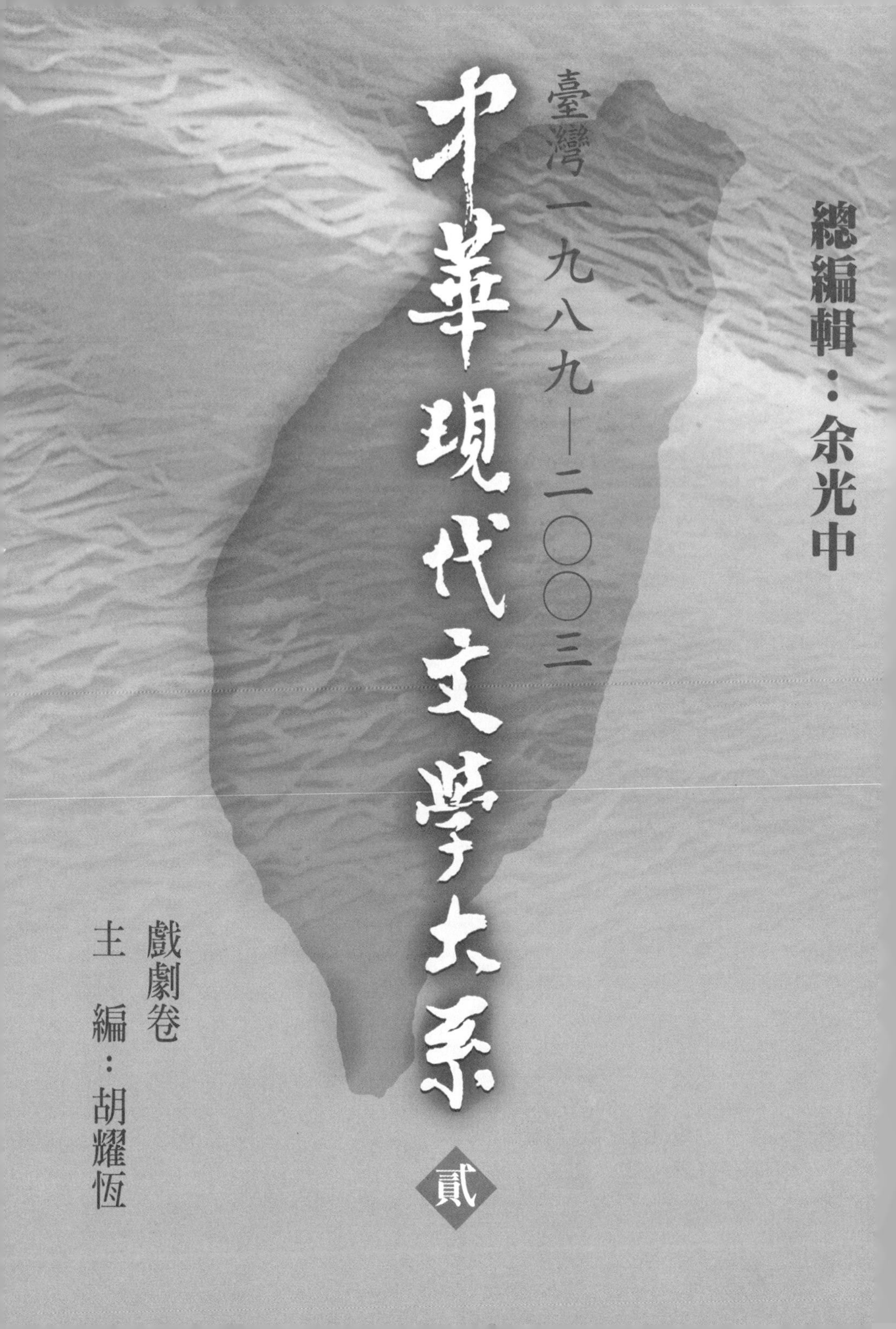

中華現代文學大系

臺灣一九八九—二〇〇三

總編輯：余光中

貳

戲劇卷

主編：胡耀恆

目錄

編輯體例

一、本大系延續第一輯（一九七〇～一九八九）編輯宗旨，選錄近十五年（一九八九～二〇〇三）來，在臺灣公開發表而具有代表性的現代文學作品（含評論）。具體展示臺灣長達三十四年的時空交錯下，各類型作者的創作才華和作品風貌。

二、本大系區分為《詩卷》二冊，《散文卷》四冊，《小說卷》三冊，《戲劇卷》一冊，《評論卷》二冊，共五大類，凡十二鉅冊。

三、本大系由總編輯召集各卷主編主其事，並各設編輯委員二人，所有入選文章，均經由各編輯委員詳細閱讀並票選後定稿。

四、各卷之編排順序，均以作者出生年月先後為依據。

五、每家附有小傳，包括本名、筆名、籍貫、年齡、學歷、經歷、著作要目、獲獎紀錄等，並附近照一幀。

六、入選作品篇末以註明出處及創作日期為原則；無法查明者從缺。

七、本大系前有總序，對臺灣近十五年來文學發展之大勢略加論析；各卷另有分序，介紹各文類演變之近況及所選作品之概要。

八、入選作品均經詳校，絕大多數經由原作者親自核正。

九、封面標示本大系總編輯及各該卷之主編，封底及版權頁則詳列全體編輯委員之名單。

總序

余光中

1

三十年來，我爲自己擔任總編輯的文學大系先後撰寫三篇總序：第一次是爲巨人版的《中國現代文學大系》，第二次是爲九歌版的《中華現代文學大系：台灣，一九七〇至一九八九》，這一次已是第三次了。前兩部大系取材的時間各爲二十年，眼前這第三部大系涵蓋的時間只有十五年，正接上前一部大系，像是續集；但在另一方面，雖然踏進了新的世紀，卻剛過門檻而已，未能深入，所以又像是世紀末的驪歌。

三部大系涵蓋了五十年，恰爲二十世紀的後半。這樣的總序，我覺得越來越難寫，因爲這世界越來越混亂，越來越複雜，說得樂觀些就是越來越多元，所以矛盾的價値觀越來越令人難以適從。尤其是近十年來的劇變，更令人感到世紀的窄門難以過關。

本大系涵蓋的這十多年，開始似乎綻放過曙光：一九八七年，蔣經國在去世前一年宣布解嚴，並開放報禁與黨禁。李登輝繼任後，新聞與言論漸享充分的自由。兩岸交流也從此開始。一九九〇年柏林牆倒，翌年蘇聯解體，冷戰時代乃告結束。不幸其間歷史倒退，一九八九年的天安門事件，使大陸已開之門又閉了數年。

後來的發展得失互見，但是進少退多，例如國會雖然汰舊換新，唯修憲多次，總統竟有權無責，容易獨裁。自由氾濫、民主粗糙，法治卻遠遠落後。選舉頻頻，不僅勞民傷財，派別對立，而且賄選猖獗，後患無窮。我定居了十八年之久的高雄，本屆市議會之選舉竟以普遍的賄選醜聞下場，足以見證，我們的民主櫥窗是以千元的藍色台幣裝飾而成的。二千年的政黨輪替也以美麗的憧憬開始，但三年之後似乎都令人失望：政府、議會、經濟、教育、治安、家庭、環境等等相繼出了問題，不是樂觀的學者或善辯的政客用什麼「多元」、「開放」、「轉型」等泛詞所能推託。近幾年更有九二一的天災、SARS 的人禍，加上天天見報的畸行亂象，輪番來打擊我們的身心。台灣，早已淪為「超載之島」，不知該如何負擔這一份不可承受之重壓。

這一切，我們的作家們「反映」得了嗎？

2

上一部大系有詩二冊、散文四冊、小說五冊、戲劇二冊、評論二冊，合為洋洋十五大冊，不愧文學史的盛事。新出的這一部則有詩二冊、散文四冊、小說三冊、戲劇一冊、評論二冊，共十二冊：規模似乎縮小了，但因時間只有十五年，其實反而選得更密。相比之下，新大系的詩卷、散文卷、評論卷篇幅未減，而是小說減了二冊，戲劇減了一冊。結果在新大系中，散文變成了最大的文類。這是中文文壇與英文文壇在文類學上的一大差異。

在英美的現代文學裏，最受矚目的文類依次是小說、詩、戲劇；在批評家的眼中，散文，尤其是台灣盛行的抒情散文，簡直可有可無。Prose 在英文裏可以泛指詩以外的一般作品，有時甚至包括小說。一位美國學者看見我的英文簡介說有十多種的 prose 作品，問我寫的是什麼樣的小說。只要查一查二十年來諾貝爾文學獎得主的名單，就會發現，除了保加利亞的卡內提寫過自傳、遊記、論述之類的散文外，其他全是詩人、小說家、戲劇家。

阿根廷作家博而好思（J. L.Borges，即波赫士）在英美文壇以小說與詩聞名，但在國內，甚至在整個拉丁美洲，卻以他的散文最受推崇。一九九九年企鵝叢書出版英文譯本的博而好思《非小說文選》（Jorge Luis Borges: *Selected Non-Fictions*），編者兼譯者溫伯格（Eliot Weinberger）在序言裏即指出：「二十世紀的英文文學裏，散文只是次要的角色，這情形不見於別的許多語文。散文（在英語世界）幾乎沒有人來評論，而除了述及其內容之外，散文究竟該如何解讀，既無公論，亦無紛爭。目前（在英語世界），散文大致上是以其次屬的文類呈現——回憶錄、遊記、報刊雜文、書評、論文——至於博而好思筆下這種左右逢源的逍遙散文，除了同仁小刊物之外，在一般期刊幾已絕跡。但在非英語的世界，散文的風格變化無窮，日日刊登在報紙的副刊或是有銷路又有水準的期刊上面。」

散文不但在我國的古典文學是主流文類，五四以來，也一直盛行不衰，今日更成爲台灣文學的一大支柱，不但作家輩出，而且讀者眾多，近年更廣受大陸讀者歡迎。然而奇怪的是，儘管如此，散文在台灣的受評量，卻遠遠落後於小說與詩。例如新大系的評論卷，在六十六篇文章裏，論散文的只得八篇，但是論小說與詩的，卻各爲二十三篇與十九篇。

究其原因，也許是散文比較平實，不像小說與詩那麼倚仗技巧，有各種主義、各種派別之類的術語可供運用。以中國的美學來看，詩與小說可以在虛實之間自由出入，相互印證，散文則實多於虛，較少虛實相生之巧。評論家面對本色天眞的散文，似乎無技可施，甚至不値得細究。何況學府出身的評論家大半師承西方評論的當紅顯學，西方既然漠視散文，則學徒的工具箱裏恐怕也難找應付散文的工具吧。

3

新大系的小說卷由以前的五冊減爲三冊，篇幅上似乎是縮小了，但在文類上卻更變化多姿。以前的小說卷，在七十與八十年代的二十年間選出了一百一十八篇小說，原則上都是短篇，最長也不過近於中篇。其實爾雅版出了三十一年的年度小說選，所收也都是短篇。小說的天地非常廣闊，能在其間成爲大師，像狄更斯、托爾斯泰、喬伊斯、福克納者，想必是因爲有長篇的扛鼎力作。儘管魯迅的龐大背影籠罩著中國文壇，論者認爲他提不出長篇小說，畢竟遺憾。畢竟我們還出過曹雪芹這樣的巨匠，不讓中國的文學史大幅留白。馬森召集的編輯小組，不惜投注心血，能在十五年來的長篇巨製裏選出可供觀賞的段落，獨成一冊，多少可以展示我們的小說家裏，有哪幾位對生命與社會有更持續的宏觀。這種更多元更立體的呈現方式，當令讀者視野一寬。這樣的摘取，以前的小說卷也曾偶爾做過，例如李永平的〈好一片春雨〉等兩篇，其實都摘自他的長篇《吉林春秋》。不過這一次馬森在目錄中特別標明，遂覺別有氣象。

馬森在小說卷的序言裏對編選的標準、作者的背景、作品的主題與風格，都有清晰而詳盡的交代，論述的視野兼顧了宏觀與微觀。作者的身份從寬認定：只要能用中文寫出佳作，經常或首先在台發表，讀者印象頗深，評家經常注意，甚至得過大獎，即使身份是外籍，也不常在台灣，仍能得到認定。因此來自大陸的高行健、嚴歌苓，來自香港的西西、黃碧雲，甚至來自馬來西亞而從未在台灣生活的黎紫書，都入了小說卷。但其他各卷就沒有如此「好客」，否則同樣在台出書也受到肯定的作家如余秋雨、北島等，也許亦能納入散文卷與詩卷。

馬森的序言把九〇年代的小說依風格與發展順序分爲寫實路線、現代主義、後現代主義三種，並各舉出若干代表人物；結果前兩種風格各約十位，後一種風格獨占二十位左右。但是小說卷入選的作者共有六十六位，可見難以歸類的中間份子仍在三分之一以上。馬森自己也立刻聲明：如此分類「僅指入選的作品而言，並非說以上作家其他的作品皆係如此。同一作家寫出不同美學風格的作品不足爲奇，而同一篇作品也可能含容不同的美學傾向。」

台灣的淺碟文化與進口理論的流行交替，令許多英雄豪傑幻覺今是而昨非。新批評、存在主義、比較文學、失落的一代、嬉皮文化……一波又一波此起彼落。所謂「全球化」，不過是美國化加上西歐化而已。「後之視今，亦猶今之視昔。」然則今日以爲至善之眞理，未來未必如此。馬森說得好：「荒謬得煞有介事也就是後現代的一種態度。」但這件事情在中國文學裏也不見得沒有先知：《紅樓夢》第一回就說了，「滿紙荒唐言，一把辛酸淚。都云作者痴，誰解其中味？」從卡夫卡的變形到博而好思的迷宮，不都是中國成語的「痴人說夢」嗎？林明謙的〈掛鐘、小羊與父親〉說到興頭上，忽然打岔說：「小說才進行了一半左右，請耐心閱讀。」我們不會立刻想到中國的章回小說裏，說書人早就站到前台來說：「欲知後事如何，且聽下回分解」嗎？

荒謬的主題或是反主題，當然還有滿紙的空間可供夢遊。另一方面，虛無之舟也不妨落現實之錨。藝術之虛實相生，猶如自然之陰陽互替。如果沒有陽間，則陰間未免單調：奧菲厄斯去下界搶救愛妻的故事，必須到陰陽交界才有高潮。因此寫實的小說也不可缺席，否則失去了人間，滿天神佛似乎也有點空洞吧。所以朱西甯、黃春明等寫實重鎮之入選，也頗具「鎮紙」（滿紙荒唐言）之功。我們不免想到在主題上，寫實的天地也還有不少經驗似乎可以開發。根據馬森序中的分析，小說卷中處理同性戀與其相關主題的作品，至少有六篇，而且「文墨華彩，炫人眼目，堪稱一代精華。」令人想起《孽子》一書近日在台灣文壇的風光，不禁歎息先烈王爾德早生百年的遺恨。同性戀曾是弱勢的邊緣經驗，但台灣經驗之中，同爲弱勢的目前就有外勞，而同爲邊緣的還有台商，兩者各牽涉數十萬人口，值得我們的作家關切。我曾戲言自己近年在大陸出書，版稅不多，卻超過台灣萎縮書市之所得，也可以算是隔海兜售的「台商」了。台灣文友在對岸出書的不少，聽吾此言，當發一苦笑。商場與業界的興衰故事，說得好一樣動聽，茅盾的《子夜》在這方面可惜沒有寫好，高陽的《紅頂商人》卻引人入勝。

4

白靈爲新大系詩卷所寫的序言，指出這十多年來台灣詩人進入了「不確定」的困境，一方面因多元開放而增加許多「可趁之機」，一方面卻因此承擔更多的焦灼、分割與迷惑。本土化與全球化的壓力都無可避免：意識正確要你走「一條詩路通人心」；全球大勢要你走「條條詩路無不通人心」。前一條路導向寫實，後一條路導向後現代。白靈的序言充滿了危機意識，他認爲老一代詩人株守平面，不肯上網，少一代詩人優遊網路，不肯下網，苦了他中年的這一代有心人有心牽網而無法牽合。所以他懷抱「極大的隱憂」，擔心「印刷路」與「網路橋」終會背道而馳，因爲新世代詩人只相信滑鼠，並不在乎詞句冗長、迴行處處，卻耽於咒語、口語、淺語，把修辭當作兒戲。他更指出，「後現代社會『去中心化』、『消解正統化』後的表現模式：由本質走向現象、從眞實走向虛擬、自深層走向表層、棄所指而追求能指、諷眞理而尋文本的種種特質……與前行代之著重歷史感、價值感、意義性、象徵性的形式化表現有所不同。」

總而言之，所謂後現代的這一切想法、做法，都是要顛覆、架空、丑化所有傳統的價值與秩序，「唯恐天下不亂」。但是它只有消極的拆台，沒有積極的目標，無可無不可，破而不立，只留下共存雜交的殘局，並無革命的興奮。也許革命啦、恢復秩序啦等等都已成了過時的價值，可笑的陋習。然而後現代之含混，也正在它與現代主義之曖昧難分：例如要顛覆傳統之一切價值，早在一次大戰時就已有達達主義了；要在虛實之間出入無阻，乃是步超現實之後塵。只是達達與超現實畢竟還是畫家與詩人憑自身的潛意識來創造，而新世代的詩卻可隨科技的精靈，那滑鼠的誘引，扶乩一般地向虛擬的空間去尋求。

白靈說網路詩之盛如潮，「詩之平民化」當下即可實現。在民主的時代，科技提供了全民參與創作及表演的機會，當然很公平。但機會只是起點而非終點，任何藝術，包括詩，有了星星之火的一點創意，如果未經勤修苦鍊，至於熟能生巧，則只能算是遊戲，還夠不上藝術。遊戲不失為有益健康的發洩，卻不能逕稱藝術，正如卡拉OK的伴唱設備，對於歌喉發癢的顧客不失為可以助興的發洩，卻不能保證他成為夠格的歌手。所以《台灣詩學季刊》半年張網而得詩三千，還有勞蘇紹連效孔子之刪詩，才能去蕪存菁，像平面刊物那樣。

從前普羅文學的理想，不但要求為普羅大眾寫作，甚至提倡由普羅大眾自己來寫，江青的小靳莊文學便是一例。如今網路大開，詩門不閉，在蘇紹連與須文蔚的細心培養下，希望眞能出現一些青年新秀。據說上網詩人的年齡很快就降到十二、三歲，他們不去搖頭、飆車，卻來網上飆詩，還是可愛的。不過今日少年開始做許多令人不安的事，年齡也都提早了。

網詩正盛，而前行代的平面詩人竟有不少半途而退，也令白靈深感不安。他在序言中指出，「詩卷續編出版時，才歷經十五年，一九八九年（前大系）版的九十九位詩人竟然已有四十二人不在二○○三年（新大系）版的名單上，『折耗率』高達百分之四十二點四。」

我倒要安慰白靈說，到了新大系，前大系入選的散文家九十位中，有五十八位未再續選；小說家七十位中，四十五位退席；評論家五十九位中，四十二位不留；至於劇作家十位，則全部換了：其「折耗率」依次為百分之六十四、六十四、七十一、一百。可見詩人還是比較敬業或是經老，或是轉行不易，繆思的香火算是穩定的了。白靈序中又說，詩人上網之後，女性的比例激增，例如二〇〇一年出版的《九十年代詩選》，八十位作者中女性僅十三位，但同年出版的《詩路二〇〇一網路詩選》，五十四位作者女性即占二十五位。可是在新大系中，他所主編的詩卷，一〇一作者裏僅有二十位女詩人，占五分之一。這比例在新大系各文類之中仍是最低，因為散文卷七十四位作者，女性占三十二；小說卷六十六位作者，女性占二十六；評論卷六十二位作者，女性占二十三：依次各占二分之一弱、三分之一強、恰好三分之一。劇作家六位，全無女性。與前大系的情況一樣，女作家在台灣文壇，表現最出色的文類仍在散文與小說。但是女學者在評論上的成長值得注意，因為前大系的評論卷共有五十九位學者，女性僅得八位。

5

散文的半邊天不但有賴女作家來頂住，即連巨人版（一九五〇—一九七〇）與九歌版（一九七〇—一九八九，一九八九—二〇〇三）一脈相承的三部大系，其豐美的散文卷也一直由女作家來主編。九歌版這部新大系亦即續大系的編輯之中，只有張曉風和我是三朝遺老。身為散文家，她把這篇散文卷的序言寫成了一篇寓知性於感性的散文，是再自然不過的事了。當年她參與巨人版的編務，還未滿三十，卻已夙慧早熟，今日遽稱之為「遺老」，也未免太「早熟」了，不過在這篇序言裏她俯仰的竟是遲暮，世紀的遲暮，指點的竟是滄桑，文壇的滄桑。一路讀來，我舌底似乎留下了《離騷》的苦澀。

張曉風指出，「這本選集是在台灣大環境十分低迷之際選成的。」她所謂的「低迷」，該是由許多因素造成：或因政治正確的本土化，加上國際接軌的全球化，有意無意將中間的民族文化架空，且在中文程度日降的今天反而要強調全面學英文。或因文學書市蕭條，反而輕薄短小媚俗求銷的出版品當道，不少新進避重就輕，隨機乘勢，上下排行，商業掛帥，廣告與評論難分。或因科技方便，網路暢通，在泛民主的機會均等之下，人人得而為作家，誰肯耐心苦鍊呢。於是別字何必計較，不通反成「異化」，簡潔、結構、意象、音調等等不過是傳統的包袱。日記與作品不分，練琴室且當演奏廳，遊戲啦，何必當眞。張曉風擔憂地說：「如果沒有書寫，如果不愛閱讀，如果書本成為上世紀的古董，如果年輕一代只知圖像而不知書香，我們只好招來倉頡，請他把這些美麗的文字元素送到別個星球上去吧！」

科技進步超前，終於會結束或至少削弱平面閱讀與創作的傳統嗎？麥克魯亨早就預言：「什麼樣的媒體就傳來什麼樣的消息。」方式與內容，法與道，是不可分的。張曉風的杞憂正是白靈的警告，但白靈的苦諫似乎帶一點威脅：「年輕一輩詩人……更濃烈嗆鼻式的後現代氣息，如果不把腦瓜子準備好，則只有挨悶棍子的份。」似乎言重了吧，風格與美學的演變畢竟不是政黨輪替，更非紅衛兵呼嘯著破四舊而來。兩岸都可以交流，印刷平面與網路幻境難道要戰爭嗎？

平面印刷的散文、小說、詩，面臨網路的挑戰，但立體的劇場本身也是一個虛擬的空間，施法的對象不是讀者而是觀眾，倒不怕滑鼠入侵。微妙的是，劇本卻是平面印刷，是書，是通向劇場幻境的隧道而已。其關係好像樂譜與現場演奏。所以鴻鴻在戲劇卷的序言裏說：「劇場脫文學之鉤，向視聽藝術靠攏，已成無可迴避的事實。」足見戲劇的創意無論如何微妙，它仍然得下凡來，來劇場與觀眾之間完成其表演藝術的任務，所以也必須借助科技之神功魅力。

胡耀恆指出，「正因爲主要的訴求對象比較年輕，近年來的演出愈來愈趨向綜藝……西方兩千五百年的戲劇，每代都運用著當時最先進的科技製造演出效果，卻未曾影響它的思維深度……我們需要誠誠懇懇的想想，是綜藝打擾了深度，或是綜藝只在掩蓋膚淺。」

紀蔚然的序言井井有條，抉出台灣劇場面臨的困境。首先，它被淹於世紀末「眾聲喧嘩」的囂張噪音，面對全球化挾勢凌人的消費文化與文化商品化，一時無所適從。於是劇場借力使力以求寓雅於俗，結果卻是「從俗、媚俗」：劇團老去而觀眾青春不改，「爲了迎合年輕觀眾的口味，劇團的走向愈趨反智，愈趨綜藝。」

所幸戲劇卷的編輯小組仍能選出各具創意且又「脫俗」的六部劇本。胡耀恆這樣結束他的序言：「要改變這種情勢，第一是整體經濟好轉，第二是政治掛帥變成文化掛帥。」

7

胡耀恆以兩廳院主任的閱歷發此感慨，該是鬱卒多年的「行話」。綜觀詩、散文、小說、戲劇四大文類的序言，雖然隔行隔山，各說各話，事先不可能「串供」，但是所道的「瓜苦」，竟然頗有相通。馬森報導後浪之來，比較溫柔敦厚，但也忍不住如此進諫：「不管語言的特殊風格來自方言，抑或來自外語，如果使用得當，的確可以形成個人的風格，增加文字的魅力。但使用翻譯體的負面影響是作品失去民族風味，讀來像是翻譯的小說。設若連人物的行動與夫社會背景都西化到難分中西之境，那眞使創作與譯文難辨了。」

馬森之言，沒有誰比我更贊成的了。記得曾在某新銳小說家的作品裏見過這麼一句話：「他爲自己倒了一杯咖啡。」我只想提醒馬森：一位夠格的譯者絕對不會譯出這樣的句子。至少我不會，楊絳、喬志高、思果更不會。

最有趣的或者（用一個流行的形容術語）最弔詭的是，評論卷的序言卻不言「瓜苦」。在台灣的評論家尤其是文學史家之中，實在罕見李瑞騰這麼博覽、包容而又井然的了。這種三合一的美德，也見於他所推崇的另二位評論家，陳芳明與王德威。這樣的評論家手握文學寶庫的金鑰匙，裏面有多少珍寶他們都曉得，只要是眞品都不會不管，要拿的時候手到取來，因爲早就整理好了。

李瑞騰就是這樣：再複雜的文壇、再兩極的意識、再敏感的時代、再交錯的史料，他都能耐下心來，探索到座標與重心，整理出一個各方都能接受，至少都能忍受的秩序來。他所召集的評論卷編輯小組，要在表面限於十五年而其實來龍去脈牽涉深廣的斷代之中，搭出一個鷹架，一條龍骨，好把文學史、文體論、主題論、作家論等等的論文，各就其位而又互相呼應地列上架去。

其結果便是井然有序的這兩冊評論卷，六十六篇文章分屬總類、小說、散文、詩四組，其論題則從姜貴的《重陽》到白先勇的《孽子》，從台語文學到女性詩學，從散文地圖到副刊大業，從原住民文學到眷村小說，如此的眾聲喧嘩竟然雞兔同籠，不，對位又和聲地包容在世紀末的交響曲裏。正好說明，台灣文學之多元多姿，成爲中文世界的巍巍重鎮，端在其不讓土壤，不擇細流，有容乃大。如果把這兩冊評論卷，甚至整十二冊的這部新大系裏，非土生土長的作家與作品一概除去，留下的恐怕無此壯觀。

8

這部新大系編選得如此精當，而又能及時推出，全要歸功於五個分卷編輯小組的十五位編輯委員，尤其是五位寫序的召集人。比較特別的是戲劇卷，這文類的評論未列於評論卷中，但其三位編輯，胡耀恆、鴻鴻、紀蔚然卻各寫了一篇序言，可補評論卷中之缺席。

當然我們還得感謝，新大系有此充實華美的陣容，全靠五種文類三百零九位作家與學者來鼎力贊助。三百零九乃計人次，一人而入數卷者亦有若干，但僅僅計人亦當在兩百以上，離三百不遠。另一方面，也有不少傑出的作家原應列入，卻爲了客觀的或是主觀的原因成爲遺珠，令人悵憾。有選必然有遺，完美的選集世上罕見。《唐詩三百首》竟漏了李賀、張若虛、陸龜蒙，但是我們無奈漏掉了的作家，英文所謂「缺席如在」（present in absence），對台灣文學而言，其份量當猶勝李賀。

至於對選入的這兩百多位作家，這部世紀末的大系是否眞成了永恆之門、不朽之階，則猶待歲月之考驗。新大系的十五位編輯和我，樂於將這些作品送到各位讀者的面前，並獻給漫漫的廿一世紀。原則上，這些作品恐怕都只能算是「備取」，至於未來，究竟其中的哪些能終於「正取」，就只有取決於悠悠的時光了。

二〇〇三年七月於高雄西子灣

戲劇卷序

在試誤中進步，在逆流中希望

胡耀恆

在這個《中華現代文學大系》戲劇卷的續編裡，我們選刊了六個具有代表性的佳作。和我一起選稿的紀蔚然及鴻鴻先生，分別說明了推薦這些作品的理由，以及它們所反映的時代意義。多年以來，他們兩位除了親身寫劇導劇之外，還熱心參與許多劇場的工作，關心大小劇團的活動，以及經常撰寫賞析性的文章。有了他們長期的經驗和學養，續編的選稿可說相當順利，各位接觸的劇作家都非常配合，在此先都致上誠摯的謝意。

我們很高興能選出這些好的劇本，代表這十年來我們戲劇界的成就。但是在同時，我們也有難以緘默的憂慮。在所有文類中，戲劇最爲複雜，與社會的脈動也最爲密切。在這本續編的十年間，我們的劇場遭遇到兩大外在的基本困難：一是整體經濟不如從前，觀眾有流失的趨勢，演出的總量減少。二是政治掛帥，言論雖然空前自由，但都是各說各話，沒有交集，我們的戲劇界大多沒有超脫生存的環境，有的內容相當於一般媒體，很少作品對於生命有深沉的體驗，或對於社會有遼闊的視野。正如紀蔚然先生所說，本輯的作品「有一些令人眼睛爲之一亮的傑作」，但它們都著重回顧過去，整理現在，缺少對未來的視野。

紀文還指出，我們劇場主要訴求的對象是大學在校學生。原因很簡單。進大學之前要聯考，不論名稱如何，方法怎樣，進入名校之前總得費心準備考試，以至高中生參與戲劇活動的不多。在另一端，大學畢業後工作重，社交頻，花費大，能經常參與演出的也不多。我個人還感到，我們合乎成人口味的的戲碼爲數有限。

百老匯的戲是演給疲累的商人（tired business men）和觀光客看的，自有它的調調；歐洲的觀眾分布面廣，但是他們從小就知道經典名劇，同時有看戲的習慣。我們幾乎要從根做起，這是很累的事，而且要經過世代的持續耕耘。

正因爲主要的訴求對象比較年輕，近年來的演出愈來愈趨向綜藝。鴻鴻飽讀詩書（包括劇本），深知古典劇本只讀劇本亦可得到文字上的愉悅滿足，不過他體察近年趨勢，仍然說道：「劇場脫文學之鉤，向視聽藝術靠攏，已成無可迴避的事實。」即使如此，我們的解讀相當不同。他說這事實起因於日趨複雜的總體劇場美學，我則擔心那個美學會把劇本弄成電影或電視的腳本。這些腳本很少出版，假如戲劇文字上不能給我們愉悅滿足，那又何必出版？好在這次選入的劇本可讀性都很高，不必有太多的顧慮。

話說回來，現今一般劇團的作法仍然值得藉機檢討。這作法的邏輯似乎是：爲了迎合年輕觀眾的口味，演出要綜藝化；但綜藝沖淡了思惟深度，附帶結果是作品反智。我的淺見是：假如接受這個邏輯，我們的戲劇將永遠無法長大。西方兩千五百年的戲劇，每代都運用著當時最先進的科技製造演出效果，卻未曾影響它的思惟深度。另一方面，莎士比亞的劇本在今天演出，即使使用虛擬佈景，也可以絲毫不干擾它的劇情劇意。綜藝與思想深淺沒有必然關係。紀蔚然先生說得更爲實際：這樣的劇團只知討好年輕觀眾，如何能累積「知音」？換個方向看，主力觀眾的年齡定位若是永遠那麼年輕，當創作者逐年老去之時，他又如何面對「自己」？

我們需要誠誠懇懇的想想，是綜藝打擾了深度，或是綜藝只在掩蓋膚淺。台灣的經濟有人比喻爲「淺盤經濟」，台灣的社會也一再出現「一窩風」的現象。尤其是國外一個新鮮的東西，經過有心人提倡，再加媒體一番炒作，就會「眾聲喧嘩」好一陣子。在近十幾年來的台灣戲劇界，這響亮的喧嘩來自後現代主義，或者如紀文所寫：「更確切地說，這得歸咎於小劇場對後現代主義的一知半解。」我曾力辯「小劇場」與「前衛劇場」不同：前者在由無到有，由小變大，由旁支到主流；後者在永遠前衛，不斷創新，打倒一切成規。後現代主義是前衛劇場的一種，與淺盤基礎的台灣劇場文化格格不入，當它的信徒橫掃千軍之時，即使小劇場的死忠觀眾也只得逐漸避離。

「後現」最盛行在一九七〇年代的前期。這時台灣劇場的作法，可說是重蹈法國二十年前的覆轍。法國搞了二十年的集體創作和即興表演，始終沒有產生好的劇本，結果觀眾不去劇院，它們只好改弦更張，於是從八十年代又開始物色作家，搜求劇本，到了九十年代，編劇人才多不勝數，法國戲劇重新產生一片榮景。當我們的劇場認識到錯誤時，它們也重新謀求優良編劇，正因爲如此，這套戲劇卷的續編裡，大部是一九九五年以後的作品。

入選六個劇本的作家，年齡分布於三十幾歲到五十幾歲之間，除田啓元英年早逝外，都還是大有可爲的生命期。他們入選的劇本，各有特色，各有技巧，紀蔚然和鴻鴻先生都有深入的分析。這裡只想增加一點，讓我們更能體會出他們的貢獻。在「後現」的狂飆之後，大小劇團固然認識到劇本的重要，但一時編不出來，於是大量挪用外國劇碼。所謂挪用（appropriation），就是將外國的劇本改頭換面，搬上我們的舞台。近年來幾個作品，如《愚人之愛》、《誰家老婆上錯床？》、《淡水小鎭》等等都是挪用賣座最好的例子。

在西方，除了第一源頭的希臘戲劇之外，所有國家或地區的戲劇都曾經過挪用的階段。在我國，元、明、清三代劇種變化多端，但後期的向前期挪用，借故事，抄情節，同樣層出不窮。挪用未可厚非，甚至値得鼓勵。但一國有一國的文化，有一國的思想與感情，遲早必須由自己的人，用自己的文字，創造出自己的作品。從這樣看，那些眞正編創劇本的人是値得我們敬重的，更何況其中的佼佼者？本人也是劇作家的鴻鴻，用「期待更富創意的讀者或劇作家的新生」作爲標題，可謂寄望深遠。

我們也期待戲劇能獲得社會更多的關懷。在歐洲，一件新的文藝作品（包括書、電影，或是戲），傳播媒體大都會加以報導，甚至熱烈討論。在台灣很少見到這種現象，因爲媒體認爲這些報導沒有觀眾與讀者。如此則演出的媒體曝光度不高，本身宣傳又有限，因而知道演出的人普遍偏低，來看的觀眾當然更少。有位批評家說得更為深刻：「整個文化消費尚未形成風氣，藝術市場也因而規模有限，藝術創作和展演變成永遠的副業，影響了專業的提昇。」如此形成惡性循環。

要改變這種情勢，第一是整體經濟好轉，第二是政治掛帥變成文化掛帥。十幾年前，還有人呼籲要把台灣建成文化大國。要落實這理想，需要從教育扎根。我國國中、小學教育一向不重視戲劇，藝術教育只有音樂、美術兩科，且時數短少，大學甚至連這個點綴都付闕如。近來藝術教育法開始實施，本來可能有機會改善，但恐積重難反，又兼師資缺乏，難期立竿見影。還寄望對戲劇有認識、有理想又有熱情的人士的長期努力，首先目標在培養觀眾、聽眾，也就是開墾土壤，養成氣候，期望最後能開花結果。

期待更富創意的讀者　或　劇作家的新生

鴻鴻

作為《中華現代文學大系》戲劇卷的續編，與前編（一九七〇～一九八九）最大的差異之處在於，本編六個劇本當中，絕大多數為劇團導演的自行創作、或是為特定劇團量身訂造，而前編的十個劇本則多數相反。這一差異並非編選者的刻意操作，而是當我們在挑選十多年來最具代表性的劇作時，他們以其無法忽視的重要性與獨特魅力，躍進了我們的眼簾。

這首先反映的，不是劇作家的沒落，而是劇作家的新生。劇場的普遍化發展，提供了有志者更多機會直接進入劇場進行創作。可以想見，當表演、導演、設計，乃至市場未達一定水準時，劇作者只能在書房裡，爲想像中的理想劇場寫作。而整體環境的蓬勃，卻吸引了更多人直接用身邊熟悉的演員、爲某些引發靈感的劇場空間，譜寫具體的文本。

按理說，從希臘悲劇到莎士比亞、莫里哀等古典戲劇，經常是爲實際演出製作及時寫就的文本，甚至是在演出後才整理成冊，一如今日此編然。但那些古典劇本對於慣習於其他文類的讀者而言，從來不覺有任何困難，可以直接納入文學之一門。蓋因古典劇本實以道白爲主，即使各有其表演方式，但只讀劇本亦可得到文字上的愉悅滿足，甚至得以品味更多字裡行間的精微妙義。但當代劇場既已朝向視覺、聲響、肢體律動、空間環境並重之日趨複雜的總體劇場美學，演出脈絡事實上不止由語言，而是經由其他各環節的元素共同銜接、互動完成，單獨抽離的語言部分往往難以織成全豹，而力圖描述演出實況的事後文字紀錄，又容易像電影分鏡劇本一樣，有淪爲難以卒讀的技術手冊之虞。

劇場脫文學之鉤，向視聽藝術靠攏，已成無可迴避的事實。也因此，劇本的可讀與否越來越無法反映表演藝術的輕重高低。然而，這部選集的編選，仍非全無意義，甚至還可以說，令我感到莫大愉悅。這些劇本固然無法呈現十多年來劇場成就的全貌，但單就其中歸屬於文學的這個部分而言，仍大有可觀。尤其當十多年來在實驗企圖中最爲堅持、風格卓著的幾個小型劇團如河左岸、臨界點劇象錄、台灣渥克、莎士比亞的妹妹們，都貢獻出他們極富批判深度與藝術想像力的劇作時，相信透過劇本的閱讀，當可洗刷外界認爲小劇場只是一群對劇場「半知不解」的熱心人在一起「玩玩」的印象。

以書中的兩個例子說明劇本與演出在當代劇場的翻轉空間。其一是王嘉明的《默默》。這個劇本在作者兩度自行搬上舞台時改名《Zodiac》。全劇只有兩名演員，一名扮演殺人犯，另一名則分飾殺人犯身邊出現的多個不同角色：受害者、旅行社業務員、檢察官、狙擊手、警察、宇宙船船長，以及殺人犯的母親。將所有角色集中爲兩個演員的設計，可以讓零散的場景焦點凝聚，也輕便地減省了實際演出的複雜度，更重要的是，這麼一來，托出了雙人關係的主題。環繞殺人犯的種種人際關係被隱喻爲情人，每個場景的變化遂宛如愛情發展的不同階段，或反之亦然：也可以把情人間的張力視爲罪犯與周遭環境關係的形容詞。充滿想像力的情節設計始終保持了這兩種可能的歧義性。伴隨著不同情境的推展，每場形式亦有豐富的變化趣味。比如第一場，被綁架的肉票和殺人犯熱烈討論星座。第六場，狙擊手一面窺視殺人犯的動靜，用對講機報知待命的警察大隊，透過對殺人犯外在行爲鉅細靡遺的描述，一面卻不知不覺將自己代入了他的內心，沉迷在自己／殺人犯的童年回憶中，而貽誤了出擊時機。第九場，殺人犯乘坐旅遊太空船逃亡時，太空船失事卡在宇宙的間隙，在失去時間和空間感的地帶漂浮。在船長和乘客的對話當中，舞台一直處在黑暗中，形體消失了，相貌、年齡、身份、乃至每個人背負的歷史，都不復存在。只剩下兩個聲音，兩個隨時會消失的聲音漂浮在半空，就像一齣戲的演出，不管是愛情的罪犯或罪犯的愛情，要緊的是當下時刻兩股力量的互動情境。此一只看重「當下」的無重力感，緊抓住這個時代愛情與犯罪的共通特質。

這個劇本本身即具備表演與場景上的多重變化，但劇作者在自任導演時卻添加了更多影像投射，作影像與眞實的辯證。包括第一場的綁架撕票過程完全沒有在舞台上發生，而是現場SNG連線轉播；第八場追捕過程的「擬歌詞」遭全數刪除，成爲兩人無止盡的原地奔跑，兩側則投影出變換快速的沿路景象。最後連謝幕都訴諸演員卸妝離開劇場的影像播映。

另一個例子是田啓元的《白水》。這齣戲採用了節奏分明的韻文體，或合誦，或對話，或獨白，都被納入一個起伏有致的整體旋律之中。但迥異於古典歌隊的崇高感，其文辭大量取材自傳統戲曲、成語，間雜以日常白話、甚至英文。粗俗、直接的白話夾在典雅的詞句中竄出突襲讀者的眼睛、觀眾的耳膜，達到絕妙的喜感。

田啓元自行執導的演出卻凸顯了比語言更有力的焦點：舞台上的四個人物——白蛇、青蛇、許仙、法海，全都由男性扮演！白蛇剃平頭、裸上半身，只著一件白短褲。他頻頻捂住小腹呼喚胎兒，造成令人爆笑的效果；但演員的情感投入又同時讓人心碎。視覺的意義讓語言都另生別解——許仙與白蛇，分明是兩男相戀。田啓元巧妙地將觀眾既有對白蛇的同情，轉嫁到被硬指爲妖孽的同性戀者身上，不著痕跡地完成了一齣極具說服力的同志劇場。後來他又以完全同一個文本，重排成五位／七位女演員的兩版《水幽》，大量運用多人兼飾一角、身份瞬息轉換的手法，講述另一個關於人內在多重意念與性格衝突掙扎的命題。這種自我顚覆的開創力，實有助於激勵我們更爲積極與創意地閱讀劇本。

期待讀者更富創意地閱讀，需要更富創意的文本。於是，前編所收作者近年如無突破性的表現時，原則上不重複選入。原本賴聲川以鉅構《如夢之夢》絕對有資格成爲唯一縱跨兩編的作者，但因該劇篇幅太長，基於選本不收長篇作品的慣例，入選者遂不期然地全都維持新面孔。另一點要先承認的——三位男性編輯選出六本男性劇作，這個比例無論如何也太不正確。於是必須再多交代一點內幕：原本入選的還有夏宇《三個乖張女人所撰寫的詞不達意的女性論文》，這部作品語言與表演者的組合關係隨機性極高，兼備女性直覺與後現代的拼貼理念，以及對於被庸俗化、概念化的女性主義的反諷，極富時代的開創意義；原稿甚至都已交付打字，但自律甚嚴的作者因始終改不出自己滿意的版本（雖然編者都覺得夠滿意了），而在最後關頭抽起。尚請讀者包涵最後這個有所遺憾的局面。

回顧的視野

紀蔚然

曾經有一陣子，亦即一九九〇之後，台灣劇場的發展令人憂心。

誠如某位文學評論家所言，九〇以來的台灣，嚴格來說，並不是一個眾聲喧嘩的年代，雖然就是在那個時候，「眾聲喧嘩」這個原本爲文化評論的術語已被媒體濫用到喪失了巴赫汀的原意。「眾聲喧嘩」原本意指多元論述、多種聲音在經過撞擊之下所產生的辯證與交集。更確切地說，眾聲喧嘩是指：在任何論述裡——不管是一篇總統文告、或是一名黨棍在電視脫口秀裡爲該黨的立場辯護之滔滔之言——因其內在的矛盾而同時產生（符合發言基本宗旨的）向心力及（違背那個宗旨的）離心力，兩者互斥的現象。在那位學者的觀察裡，九〇年代之後的台灣正處於一個多元狂飆的時代：雖然很多聲音，但因各說各話而沒有對話，因各自表述、甚至發聲只爲表述，而沒有交集。在這種多元狂飆的情況下，一些較爲微弱的聲音自然被淹沒在囂張的噪音底下。劇場就是其中之一。

當時，台灣劇場所面臨的困境還不止於此。它同時是全球化的受害者之一。面對消費文化及文化商品化的劇場一時無所適從，甚至自亂了陣腳。有一陣子，尤其是九〇年代上半段，劇場的作爲正印證了一句美國俗話：如果不能打敗他們，乾脆加入他們（If you can't beat them, join them.）。加入「他們」的舉動本無可厚非，因爲劇場不可能自外於、或超越於它所屬於的環境；大環境的生態隨時牽動劇場的生態，甚至關係到它的存亡（台灣電影工業的死亡即是一例）。然而，倘若加入無罪，如何加入的方式仍有斟酌的必要。

九〇年代似乎是台灣劇場「成熟」的年代，因爲很多劇團先後跨過了「十年之後」的里程碑。但，且慢慶生。劇團的年齡有時要以狗年計。因此，十年之後的成熟其實是壯年之後的老態。在大劇場方面，我們雖然看到觀眾人次的成長，也見識到行政體制及演出規模的專業擴充，但其創作品質給一些長期觀察者的印象是炒冷飯、吃老本的疲勢（這個情況在進入二十一世紀之後更形嚴重）。另一個令人憂心的現象是「劇場年輕化」。這個是弔詭的現象。正當劇團愈趨老化的同時，它的作法——創作內容、表演基調、行銷手法——卻是一味地向年輕人拋媚眼。這和台灣觀戲的年齡結構有關。對很多人來說，到劇場看戲並不是一生的興趣；它只是某一階段的活動，而那個階段通常是大學期間。一旦他們進入社會，眞正獨立面對生活的壓力時、正式加入中產階級的行列時，走入劇場的浪漫情懷便逐年遞減，一直到最後幾乎與劇場絕緣。它導致的弔詭是，創作者逐年老去、步入中年，但主力觀眾的年齡永遠不變，永遠是那麼年輕。於是，爲了迎合年輕觀眾的口味，劇團的走向愈趨反智、愈趨綜藝。

小劇場所面臨的是另一種困境。當大劇場的創作者已進入四十大關之時，小劇場的創作者大都才進入三十有幾的歲月。而立之年，照理講，應是創作高峰期；偏偏，於九〇年代的初期，我們見證到小劇場前所未有的乾涸。就在這段期間，較無商業壓力的小劇場居然也「沉淪」了起來；雖然他們不像大劇場，會以笑話堆砌文本或找演技生澀的明星插花，他們的作品同樣趨於媚俗。這大半是後現代主義惹的禍。更確切地說，這得歸咎於小劇場對後現代主義的一知半解。因爲如此，後現代主義的多元雜音跑到小劇場裡變成一元單音。有一陣子，小劇場在大玩純粹戲耍、跨越性別、任意拼貼的遊戲之餘，完全忽略了遊戲背後的表演／文化策略。所幸，就在死忠觀眾漸漸避離小劇場的時候，後者也慢慢地從後現代的噩夢裡甦醒過來。這並不意味小劇場從此不再後現代（小劇場揮別現代主義已是既定事實），而是小劇場逐漸表現出一種經過後現代式自省之後的沉穩與黠慧。

大約於一九九五年之後，台灣劇場的創作品質已有轉好的跡象，這正說明了爲什麼這一次收錄在這套劇集的作品大部是「之後」的生產。九五之後，大劇場一方面要克服景氣下滑而影響票房的難題，另一方面更要面對創作力枯竭的窘境。於兩者夾殺之下，他們重新出發，企圖尋找新的可能性。雖然他們在平衡商業與藝術所做的嘗試並非每次都算成功；甚至可以這麼說，雖然他們失敗的嘗試多於成功的範例，但是：他們仍然有一些令人眼睛爲之一亮的傑作。

反觀小劇場的陣營，他們從九〇年代的下半起，已一改先前的浮誇膚淺，並在既有的風格基調裡嘗試推衍與變奏。當大劇場企圖在高調藝術與通俗娛樂之間尋求平衡點的同時，小劇場企圖在「業餘」（前衛劇場的美德之一）與「胡搞」之間劃清界線。尤其，在反思劇場與整體環境的複雜糾葛中，小劇場表現了該有的犬儒心態。說穿了，他們沒有大劇場變質的「使命感」，也因而沒有捨我其誰的夜郎自大。他們的新聞永遠上不了影劇版，也絕不會（也沒錢）找藝人助陣。他們安於邊緣。雖處邊緣，小劇場反而較易看清他們與大環境幾近連體嬰的內存關係，並適時地發出一些抵拒中心的聲音。而且，小劇場倘若對社會、文化、政治的亂象有所「批判」的話，他們自我反射式的批判往往是一刀兩刃：一邊對外，一邊向內。

這套戲劇卷的作者群橫跨三個世代，有四年級、五年級，甚至六年級。於四年級的這個世代，我們選擇了李國修所著之《京戲啓示錄》及紀蔚然所著之《夜夜夜麻》。《京戲啓示錄》展現了許多李國修的招牌手法：多重敘述、今昔對照、戲中戲的結構、亦悲亦喜的基調。藉由京劇於凋零中的不得不變與台灣當今的瞬息萬變、藉由某一京劇戲班子的專業素養與風屏劇團的非專業心態、藉由戲班子內的情意糾結與風屏劇團內的人事紛爭，李國修寫就了爲一部氣魄宏偉、關照廣闊的傑作，也傳達了他在面對往昔、面對現在時所持的悲觀的、宿命的視野。相較於《京戲啓示錄》之熱切，《夜夜夜麻》以冷峻的語調處理今昔之對照。劇中，此起彼落的粗言鄙語既是動物本能的釋放，亦是身心壓抑的投射。於某些層面，本劇比《京戲啓示錄》更具悲觀的色彩；對人物而言，沉淪已成事實，昇華更遙不可及，而追憶似水年華只是爲沉淪找尋藉口的徒然舉動。

於五年級的世代，我們蒐集了田啓元的《白水》、黎煥雄與葉智中的《星之暗湧》、陳梅毛的《我的光頭校園》。天才早逝的田啓元似乎以他的離去爲風起雲湧的八十年代小劇場運動畫下句點。於《白水》裡，田啓元舊作新編，採取他「拿過去開刀」的一貫手法。從表面看來，《白水》似乎只是《白蛇傳》的濃縮版，但於濃縮的過程裡，作者顚倒了人妖之間的善惡對立，更凸顯了傳統禮教及主流社會之爲威權、之爲妖的命題。黎煥雄與葉智中的《星之暗湧》直接將我們帶回過去，以黑色冷凝的基調，同時傳達了死亡的氣息與一度發光發熱的理想與生命力。劇中，一連串的自述似乎是早已不爲人聽聞卻拒絕被遺忘的聲音。在虛實夾雜的呈現裡，兩位作者爲我們重新建構了一段有關理想如何驅策個人、體制如何牽制個人、謀殺理想的歷史。於陳梅毛的《我的光頭校園》中，我們同樣感受得到威權與體制對個人的扼殺，唯一不同的只是這裡的威權是老師，這裡的體制是學校。那是一個男孩理光頭、女孩帶西瓜皮的年代，個人主義完全沒有立足發揮的餘地。一反陳梅毛輕率口吻，《我的光頭校園》於反諷式的幽默中，透露著一股不堪回首的哀悽。

王嘉明的《默默》爲本卷中唯一的六年級的作品。有別於前述之四、五年級的作品，《默默》既影射一名連續殺犯的過去亦將我們帶入了未來。有趣的是，劇中的未來是科幻的外太空，一個介於兩個電視頻道的中界次元、中界空間。或許，我們可以這麼說，全劇將觀眾擺置在一個中界的地帶，而在這個中界場域裡，害人者與被害者、個人與體制的二元對立已模糊不清了。就結構而言，《默默》最爲天馬行空；尤其在幽默處理上，作者所表現出的機智更是迥異於他的前輩。這位剛加入三十大關，剛「登大人」的劇場工作者，他的後勢發展值得期待。

有趣的是，本輯大部的作品都展現了回顧的視野（vision）。回顧歷史的背後可能有多重原因。從較負面的角度觀之，回顧的視野正凸顯了我們正處於一個對未來沒有視野的年代。面對極不確定的未來，回顧過去未嘗不是創作者釐清現代的最佳策略。另一個較爲正面的原因可能是，對這些三、四十歲的創作者而言，他們的生命與創作正同時面臨巨大的衝擊。就在此時，回顧過往——個人的、世代的，甚或國家的——亦算是做爲整理現在、面對未來最積極的作法。

紀蔚然作品

戲劇卷

紀蔚然

台灣基隆人，1954年生，愛荷華大學英美文學博士，現為國立師範大學英語系副教授，主教戲劇。大學及研究所時期，曾發表演出的舞台劇作有《愚公移山》、《難過的一天》、《死角》。近年發表的舞台劇作為《黑夜白賊》、《夜夜夜麻》、《也無風也無雨》、《一張床四人睡》、《無可奉告》、《烏托邦Ltd.》；電影腳本為《絕地反擊》及《自由門神》等。

夜夜夜麻

劇情簡介

四個四十歲出頭的男人，Peter、山豬、詩人、馬克聚在一起打麻將，「從零點零分打到零點零分」。四個人從大學英文系時代就是同班同學，出社會後各自有不同階層的工作：Peter是外商公司總經理、馬克是大學教授、山豬開計程車、詩人則是無業遊民。Peter外表光鮮、滿身金卡，一天到晚搞女人，馬克則是充滿無力感的大學教授，山豬拿著球棒在路上砸車子，憤世嫉俗的詩人則是選擇放棄。這幾個在現實中充滿挫折的男人，縮躲在麻將構築中的小小溫暖空間中，以犀利無窮的詞藻不停的咒罵社會，揭露彼此內心最不堪的一面，四人的嘴巴交織成綿密的對話炮光，轟炸身邊周遭每一件人、事、物。然而，從頭到尾，他們像癱瘓一般坐在那兒，毫無行動能力，除了說、說、說，就是打、打、打，打麻將打到中風為止，打到吐血為止，打到海枯石爛，打到世界末日……

莫問喪鐘爲誰敲，
它爲你敲。
——John Donne

時間 冬至

地點 台北

人物 Peter——從商，四十二歲。已婚。

山　豬——開計程車，四十一歲。離婚。

詩　人——無固定職業，四十二歲。未婚。

馬　克——綽號博士，大學教授，四十一歲。已婚。

Rose——Peter的分居妻子，三十九歲。

舞台 舊式二樓公寓客廳。有一堵牆及其中間的拱形出入口區隔了客廳與大門及廚房。客廳兩邊的翼幕分別通往公寓的其他部分，如臥房及浴室。牆面因濕氣重，加上久未保養，已有水痕及斑駁的現象。整個客廳予人一種「是家而不像家」的印象。中間擺有一套麻將桌椅，桌子右後有一長形沙發及一長形茶几，左後有一沒水的魚缸，裡面堆了一些垃圾，時而被劇中人物當成菸灰缸。魚缸旁有一書櫃，櫃裡置有各式洋酒及一些零散的書籍。

（燈亮時，馬克、詩人、Peter三人已在台上。馬克和詩人同坐沙發上，Peter獨自坐在麻將桌的一邊）

詩　人　他媽的幾點了？

（馬克看手錶，Peter慣性地朝觀眾的方向往上一瞥）

Peter　零點零分。

馬　克　九點半。

詩　人　Peter，你那個鐘怎麼不去修一下？每次來你家坐在沙發就看到它，永遠是零點零分。

馬　克　對啊，媽的，三年前我回來是這樣，三年後還是一樣。

Peter　So？你自己戴錶不就好了？

詩　人　我這種無業遊民是不需要錶的。

馬　克　時間對我們詩人來說是不存在的。

詩　人　操他媽的不要叫我詩人，我已經幾百年不寫詩了。

Peter　「輸」人就是「輸」人，叫慣了。

詩　人　山豬這小子到底是怎麼搞的？不是講好早上八點幹到早上八點的嗎？

馬　克　對啊，從早到早，日以繼夜，夜以繼日。

詩　人　已經少打四圈了。

Peter　你他媽有什麼好 complain 的？我爲了今天的大事，所有 appointment 全都 cancel 掉，還叫我祕書除非是公司要倒了，否則不准找我。

馬　克　你祕書換了沒？

Peter　早換了。上次那個你們一直 complain 太醜，我還能不換嗎？媽的，老子堂堂一個 general manager，要 hire 誰還得聽你們的。

詩　人　我們只管人事。

馬　克　而且只管女人的事。

詩　人　（站起來）山豬會不會又出事了？有沒有酒？

Peter　他媽的現在才九點你就想喝酒。

詩　人　我又不是美國人，喝酒還管時間的。

馬　克　你這種酗酒的人，在美國是標準的 alcoholic。

Peter　沒錯。

（詩人從書櫃裡拿出酒瓶）

詩　人　Peter，那像你這種一天不打炮，就怕老二會生銹的人，是不是叫 fuckoholic？

馬　克　沒錯。

Peter　（指著馬克）那馬克呢？

詩　人　馬克？他性無能他。馬克只會每天對大學生傳播馬克福音，頂多偶爾稍微小小意

馬克　淫一下女學生，他還能怎樣？有沒有這種字啊，意淫 holic？

詩人　（笑）Fuck you.

Peter　你看，性無能的人最喜歡說「法克油」。杯子？

詩人　（指著拱形入口）自己拿。

（詩人拿著酒瓶走出客廳）

馬克　山豬會不會眞的又出事了？

詩人　（場外）應該不會，我上次已經嚴重警告過他了，下次再被條子抓到，我拒絕再去保他出來。

馬克　很奇怪，他出事的時候就是不會打電話給我。

Peter　他有打給我過幾次。可是每次我根本就沒空，不是我不想幫他。

（詩人已走進客廳，一手拿著四個杯子，一手拿著酒瓶）

詩人　操他媽的，他就只會打給我。

Peter　有一次很鮮，我帶著一些客戶去酒廊，隨便他媽一招手叫 taxi，居然是山豬。不過，他很上道假裝不認識我，我就一邊跟客戶打屁，一邊用照後鏡跟山豬擠眉弄眼的。

詩人　那是你不上道。（問馬克）要不要？（馬克搖頭）你他媽一上車就互相介紹一下不就結了？開計程車又不是丟臉的事。

Peter　廢話，我當時是看山豬的反應，如果他打招呼我當然也不在乎。問題是——

馬　克　對，這要看山豬的反應——

詩　人　你們這是什麼心態？噢，混得好跟混不好差別那麼大？混得好的就蝦米攏不驚，混不好的就是沒有老二的縮頭烏龜？（對著馬克）照你這麼說，陳博士馬克先生，將來有一天你和一票所謂的龜頭學人去吃飯，剛好是我在做 waiter，你也要等我的反應才決定要不要認我嗎？

馬　克　你他媽扯到哪去？

Peter　無聊。

（門鈴響。Peter 走出去開門）

詩　人　你說啊！

馬　克　……（低聲）我跟你當然沒什麼認不認的問題。

詩　人　爲什麼跟我沒有，跟山豬就有？

馬　克　（低聲），你也知道……山豬他——他這幾年跟我越走越遠，現在除了打牌根本很少聯絡。

詩　人　你跟我還不是一樣？我們他媽四個不是一直是這樣？

馬　克　那是我每次找你出來喝杯「加非」，你沒有一次說有空的。

詩　人　喝酒我有興趣，喝「加非」免談。我已經沒心可以談了。

馬　克　我也不知道山豬他哪裡對我不爽，好像我出國念博士有罪似的我操。每次他叫我陳博士的時候，我都覺得他好像在罵「幹你娘」。

（開門聲。山豬和 Peter 在門口的對話清晰可聞）

Peter　（場外）這麼晚才到。

山　豬　（場外）操他媽的屄央 fucking shit！

馬　克　全台首席的髒話詩人來了。

（山豬大步走進，身材魁梧肥壯，不修邊幅，滿臉刮一天停三天的鬍鬚，右手拿著一根球棒）

山　豬　幹！人要是衰，走路兩粒睪丸都會相撞。我一大早開車出來就往這裡衝，本來是不想載人的。那曉得才出了八德路就看到一個長得不錯的馬子在對面招手，我他媽的就緊急煞車，同時來個一百八十度的 u-turn，動作之快不是蓋的，那曉得我才停車，屁股就他媽被後面的車子撞上，撞我的那痞子也被他後面的痞子撞到，後面的痞子又被他後面痞子撞上，砰砰砰砰的我操，結果呢，大家下車，一口咬定要我賠，我就他媽的說「法克油」門「兒」都沒有，其中有兩個還想跟我動手——第三個一看就是沒老二的樣子，只會在旁邊幫腔——我就操他媽的拿出我的棒球棒，一邊問他們「要老子賠是不是？」一邊把他們的玻璃、車燈乒的全部打碎，「要他媽老子賠是不是？」乒的又是一棒，嚇得他們眼睛都凸到這邊來，下巴都拖到地上了。還好我知道今天有事，比較節制，條子還沒來我就閃了。

詩人　講完了沒有？

山豬　講完了。

詩人　可以打牌了嗎？

山豬　打啊，還等什麼？

（四人開始抓風，然後一一坐定）

山豬　東風，我坐這邊。（對著詩人）老雞歪，經久沒相幹？上次見面是……

詩人　在警察局。

山豬　陳博士。

馬克　幹嘛？

山豬　還好吧？欸，陳博士你不是我大學同學嗎？

馬克　我是你大學老師！

Peter　他每天都用歐蕾。

（馬克學歐蕾廣告中的女子儀態坐下）

詩人　媽的，變態！

山豬　聽說陳博士最近很風光，寫了一個劇本在「寡」父紀念館上演。怎麼沒找我們去看？

馬　克　那種爛劇本沒什麼好看的。

山　豬　是怕我們看不懂吧？

Peter　好了啦！大家廢話少說。今天要打得過癮。打到他媽的看到麻將就想吐才行。

詩　人　對，今天不回家！

山　豬　（唱姚蘇蓉版的）今天不回家ㄚㄚㄚ！

三　人　Da-la-da-la-la，Da-la-da-la-la-la-la！

（四人笑成一團）

詩　人　我操，那時候的流行歌曲實在有夠他媽的爛。

馬　克　無以復加他媽的。

Peter　他媽的。

山　豬　他媽的。

詩　人　欸，有回音啊！（唱）嘿ㄟㄟㄟ，大哥山上唱著山歌ささ！

三　人　（齊唱）嘿巧巧囉！

詩　人　（唱）我他媽的歌詞忘了ささ。

三　人　（齊唱）嘿巧巧囉！

（四人唱完齊笑，連尾聲都像在合唱似的）

詩　人　那時候的流行歌還眞是名副其實的爛。

Peter　現的流行歌一樣爛。給白癡聽的我操，什麼（站起來既唱又跳）「左三圈，右三圈，脖子扭扭，屁股扭扭，早睡早起，咱們來作運動」。

（其他三人一言不發地看著Peter）

詩人　你中猴了嗎？

Peter　我只是要示範現在的歌有多爛。

（Peter坐下）

詩人　爛到你滾瓜爛熟？

Peter　沒辦法，跟美眉去KTV學會的。

山豬　我到今天還在聽Led Zeplim、Pink Floyd、The Doors。搞得我常常爲了音樂太大聲跟乘客吵架。（唱）We don't need no education. 馬克教授，你知道現在年輕人最喜歡的口頭禪是什麼嗎？

馬克　什麼？

山豬　「幹你老師！」

詩人　你應該是台灣最後一個嬉皮。

山豬　（做V字形手勢）Peace man.

詩人　（用右手伸出中指）Fuck you.

山豬　*Stairway to Heaven*……他媽的百聽不厭。（唱）There's a lady who's sure, all that glitters is gold, and she's buying the stairway to heaven.

詩人　本人現在只聽 Elevator to Hell，直達地獄的電梯。

馬克　我操，我們那時猛查字典，還他媽的討論，到底 *Stairway to Heaven* 是在講什麼「丸膏」——

山豬　我們不是有結論了嗎？

馬克　結論個屁。後來有一次我問一個美國同學，他說那首歌根本就是幾個人嗑了藥以後寫出來的東西，調子很屌，可是歌詞其實是狗屁不通的胡說八道。

山豬　他這樣講你就信了啊？你以爲他是美國人就比我們懂搖滾樂？

詩人　別人的東西你懂那麼多幹嘛？

山豬　你不懂嗎？你以前不是「死之華」的專家嗎？

詩人　什麼「死之華」？

山豬　The Grateful Dead啊，還在那邊裝蒜。

詩人　The Grateful Dead 怎麼翻成「死之華」？幹嘛咬文嚼字的，翻成「死死的卡好」不就得了？

Peter　管它是死的還是活的，老子他媽的什麼都不聽。

詩人　沒有音樂的日子。

Peter　沒錯。

詩人　沒有詩的日子。

馬克　我已經改聽爵士樂了。

山豬　我們怎麼敢跟你這個歸國「小」人比呢？

馬克　這他媽跟我出去唸書有什麼關係？難道你忘了大三的時候我老爸生意失敗，爲了繳學費，我把六百多張的唱片全部賣掉？

山豬　你現在是大學教授了，還可以再買啊，而且現在是CD，效果更好。

馬克　我不走回頭路，過去的就像放屁一樣。

詩人　我巴垃巴垃的放屁，是番薯的錯誤。

山豬　你怎麼可以說這種雞巴話？英文系四年是我這一輩子最懷念的日子。我他媽的講的有錯嗎，詩人你說？

詩人　少廢話，打牌。

Peter　（對山豬）該你了啦！

山豬　不行，大家要給我說清楚，到底大學四年是不是白過的。

Peter　幹，不要無聊了。

馬克　你要怎樣？如果我說四年像是隨風飄去，你要用棒球棒捶我嗎？

山豬　不會？爲什麼你知道嗎？因爲你口是心非。不然你問詩人。

詩人　不要問我。

馬　克　請問詩人先生，我會口是心非嗎？

詩　人　詩人我又不是你褲襠裡面的精子，怎麼知道陳博士您是不是口是心非？如果你一定要問我對大學的感覺——基本上我認爲這個問題很無聊——

Peter　Me too.

馬　克　Me three.

詩　人　不過你一定要知道的話，不知道會影響你打牌速度的話，我就告訴你吧。大學四年是我最快樂的四年，可以了吧？

山　豬　他媽的你根本在敷衍我。你們他媽都在敷衍我。

詩　人　你爸冷伯我是說眞格的，我絕對不敢敷衍一個隨身攜帶棒球棒的人。眞的是我最快樂的四年，因爲那四年我忙著思考存在的問題而忘記我的存在。

馬　克　好深喔！（台語）深！

山　豬　Peter，那你呢？

Peter　他媽的，你這是什麼？

詩　人　大審判。

Peter　要我怎麼說呢他媽的？大學四年……我唸了一點書，跳了很多舞，寫了幾首鳥詩，把了一票馬子……還有什麼？喔對了，被當了三四科，做了很多次弊——

山　豬　你這是他媽的流水帳嘛。

Peter　沒錯，大學對我來說就是流水帳。一大堆鳥事，也一大堆鳥屎。Shit！我差點忘了，我學了一點「陰溝裡去」。

詩　人　對啊！怎麼可以忘了你騙錢的工具？

Peter　對啊，人怎麼可以不飲水思源呢？沒有英文我怎麼可以一畢業就在外商公司找到事做？沒有英文我又怎麼可以從一個AE他媽幹到manager再他媽幹到general manager？

詩　人　不然怎麼可以從小買辦幹到或被幹到變成大買辦？

Peter　詩人雖然不再寫詩，可是還是酸氣十足。

馬　克　我們詩人向來就不鳥有銅臭味的人。

Peter　So what？這個世界只有兩種味道給你選。銅臭味還是酸味，每個人自己挑，沒什麼好complain的。

詩　人　有人在complaindo嗎？

山　豬　我啊！冷伯你爸我他媽的立志全身上上下下銅臭味，爲什麼搞了一屁股債？

馬　克　沒關係，你還有狐臭。

（大哥大響）

山　豬　操！（從身後拿出大哥大）不是我的。

Peter　我的不知道放哪裡。

（Peter 離座找大哥大）

詩人　小弟我老二不大，不敢有大哥大。

馬克　小弟我老二很大，不需要大哥大。

Peter　（在沙發找到大哥大）操，叫他們不要打電話來。

詩人　你不會關掉啊操！

Peter　忘了。（講電話）喂？幹嘛？（許久不講話）你等一下。（對其他三人）你們等一下。

（Peter 走向舞台左邊，由左翼幕下）

詩人　操！

馬克　他媽的！

山豬　Fuck!

詩人　這下子「圍城」又停擺了。

（頓）

馬克　在下有一個很愚蠢的 question，想就教兩位高人。

詩人　請講，哭鐵面在此。

山豬　不敢，笑鐵面在此。

馬克　爲什麼一個回到家裡的商人，還需要打開他的大哥大？難道家裡沒有電話嗎？

詩人　這個嘛，親愛的諸葛四郎兄，的確是個愚蠢的 question。

山豬　等一下，我以爲他是眞平大俠。

馬克　噢，在下是兩面人，有時候是眞平，有時候是四郎，一人飾演兩角。

山豬　原來如此。一件武林奇案，終於眞相大白。

詩人　足見，四郎眞平兄睽違台北江湖多年。這個回到家還打開大哥大的現象，反映了台北人各個 ego 比屌還大的心態。

山豬　哭兄，此言差矣。這個現象的背後其實有個很單純的動機：因爲此人有祕密。

馬克　什麼祕密？

山豬　跟馬子有關的祕密。

馬克　那你又爲什麼需要大哥大？也是 ego 比屌還大嗎？

山豬　剛好相反，我的屌比 ego 大。

馬克　因爲你有祕密？

山豬　沒有，我他媽都離婚了，還怕什麼祕密。

詩人　你就老實說了吧。

山豬　我的大哥大是假的。

馬克　幹嘛隨身帶個假的大哥大？

山豬　釣馬子滿有用的。

（Peter拿著大哥大走出來，臉色沉重）

Peter　我有急事，要出去一下。

三　人　幹嘛？什麼？Shit！

Peter　去處理一下，馬上回來。

山　豬　是不是Mary打來的？

（Peter點頭不語）

馬　克　哪時候跑出來一個Virgin瑪麗的？

詩　人　我想這個瑪麗已經不是處女了。

山　豬　（問Peter）到底什麼事嘛？

Peter　……她說我要是不馬上去找她，她他媽的威脅要自殺……你們等一下，我去一下就回來。

（Peter正想走）

詩　人　慢著！

（Peter止步）

詩　人　我問你。我們約好打牌在前，瑪麗小姐要自殺在後，對不對？

Peter　不要鬧了好不好？

詩　人　各位，我這是在鬧嗎？

山　豬　不是。

馬　克　這是誠信問題。

詩　人　等一下，先不要走。事有先後緩急，既然打牌在先，然後半路跑出來個自殺的臨時動議，那麼我建議大家投票表決。

馬　克　有道理。

山　豬　我不贊成，要死就讓她去死，我們繼續打牌。

Peter　他媽的不要開玩笑了，她跟我在同一家公司做事，要是出人命我怎麼辦？少廢話，我馬上回來。

（Peter 下。關門聲）

詩　人　（對馬克）你覺得我剛才有開玩笑的味道嗎？

馬　克　沒有，非常嚴肅而理性。他哪時候泡上這個 Mary 的？以前不是 Christina 嗎？

詩　人　而且 Peter 不是一向都是兔子不吃窩邊草的嗎？

山　豬　事情是這樣子的——我因爲在把馬子方面拜 Peter 爲師，所以比較清楚——。事情是這樣子的，首先呢——

詩　人　你在做總統文告啊？

山　豬　你他媽聽我講嘛！首先呢，Peter 早在三個月前就和 Christina「斷交」了——

馬　克　「斷交」……嗯，這個字用得有學問。

山豬　謝謝。原因是Peter對克麗絲緹娜早就膩了，他也想讓老二休息一下。沒想到半路又殺出了寂寞難耐的瑪麗小姐。她一直引「秀」Peter，每天對Peter放電，噗嗞噗嗞啪喇啪喇的。Peter本來想她是公司的員工不太好，可是一想到瑪麗小姐是處女，他的老二就不由自主的——叮咚——翹起來了。事情就是這樣的。The end。

詩人　本來是很浪漫的愛情故事，給你這樣一講變成了A片了。

馬克　Peter這小子就是他媽的狗改不了吃屎。

山豬　他從大學就是這樣，他媽的見色忘友。這個馬克你最了了。

馬克　了什麼？我什麼都不了。你了嗎，詩人？

詩人　詩人什麼都不了，詩人很迷惑，而且，套句他媽新新人類的口頭禪，詩人我惑斃了。

山豬　你們他媽不要打屁了。你們忘了四年級的時候，我們就是因爲他孬種，只會把馬子，結果戲演不成——

馬克　算了，不講過去的事。

詩人　不講也好。

山豬　不講就不講。反正朋友都這麼多年了，沒什麼好計較的。不過有一點你不得不佩服Peter。他對馬子眞他媽有一套。有一次他跟我說：「這個男人啊，如果打炮還得花錢，那就太菜了。」

詩人　果然是至理名言。不過他那一套跟女人搏感情的招數我他媽太了係了。沒事在女人面前裝得一副性苦悶的樣，還哀怨的說老婆不了解他 blablabla 的，哪一個性飢渴的女人不會上當？

山豬　那也要他長得帥才可以啊。要是我也學他說「老婆不了解我這隻山豬」，哪一管馬子會甩我？

馬克　山豬啊，你不要一直馬子馬子馬子的好不好？她們叫「女人」，不是馬子，大學畢業都十幾年了，還在他媽的馬子馬子馬子個沒完。

山豬　馬子就是馬子就是馬子。

詩人　山豬，我要糾正你一個很重要的觀念。The point——（走到魚缸，邊講話邊把菸灰點到裡面）這個魚缸需要加水……

馬克　你已經講過幾百遍了。

詩人　喔……我剛才講到哪裡？

山豬　The point.

詩人　對，山豬，The point 不是 Peter 長得帥不帥，或你長得像不像豬。你認為我長得怎樣？

山豬　還可以。

詩人　夠資格做教官眼中的革命青年吧？但是像我這種沒有固定職業，今天在 pub 做 bartender，明天在酒廊做少爺，你認爲像我這樣的人的性生活active嗎？（山豬搖頭）其實滿active的。但是這不是我的point。我的point是不管我的性生活多麼active，也沒有Peter那個Mr. Active那麼有搞頭。爲什麼？Why？Because，因爲，Peter是社會一般人所謂的「成功的人」，也就是所謂的fucking雅痞。因爲他是一個美商公司的總經理。因爲他的西裝打開，右邊是一排燙金的信用卡，左邊是一排什麼鳥雞巴「可拉不」的貴賓卡。因爲他身上那一條領帶比我全身上上下下穿的，包括內褲，加起來還貴。因爲以上的點點點，所以以下的點點點。我的point就是：錢——多，屌——大。媽的，越說越口渴。喝酒！

山豬　我也要。

（詩人和山豬拿酒喝）

馬克　Peter到底和Rose離婚了沒？

山豬　還沒。還是老問題，兩個人名下的財產分不清楚。

馬克　他們怎麼那麼想不開？Peter爲什麼不能像你那麼乾脆？

山豬　情況不一樣。他們是在吵哪一份財產歸誰的，我和老婆是在吵哪一份債務歸誰的。結果，雙方決定，孩子歸老婆，債務全歸我。Bitch！他媽的。

馬克　這也不能怪她，生意是你做失敗的。

山豬　我有怪她嗎？我剛才的口氣有怪她嗎？

詩　人　絕對沒有。你只不過是說她是 bitch 而已。

山　豬　就是嘛。

（頓）

詩　人　唉，萬事俱備，只欠東風。

山　豬　只欠北風。我是東風。

詩　人　唉！

馬　克　唉！

山　豬　唉！

詩　人　所以，我們只有等待。

山　豬　等待。

馬　克　等待北風。

詩　人　等待余光中。

馬　克　等待野鴿子的黃昏。

山　豬　等待李小龍。

詩　人　等待金大班的初夜。

馬　克　等待異鄉人。

山　豬　等待成龍。

詩人　等待卡拉馬助夫的兄弟。

馬克　等待查泰萊夫人的情人。

山豬　等待嫁妝一牛車。

詩人　等待八又二分之一。

馬克　等待單車失竊記。

山豬　等待巴黎最後的tango。

詩人　等待家變。

馬克　等待De Sica。

山豬　等待死豬腳。

馬克　等待。

山豬　等待。

（詩人邊講邊走到書櫃，隨手拿出一本書）

詩人　等——等一下！我操……眞他媽悲哀……我們英文系唸了四年，讀了一大堆什麼莎士比亞、海明威、T. S. Eliot、卡夫卡、John Donne、奇異果、齊克果，whatever，尼采blablabla，結果畢業才發覺眞正對我們有幫助的書是（指著手上那本書）《三分鐘經理入門》……（唸出書櫃內的書名）《Window 95手冊》、《苦苓極短篇》、《頭髮保健ＡＢＣ》、《愛他就不要煩他》、《林清玄的平常心》、《星星王

馬　克　子談星座》。難怪 Peter 會成功。我操……搞了半天，我們都被騙了！
山　豬　唉，文學誤我一生。
詩　人　我們都是這樣長大的。
山　豬　我們都是這樣沉淪的。喝酒！
馬　克　喝酒！
山　豬　媽的，我也來一杯我操。
馬　克　陰天打老婆，反正閒著也是閒著。不過，陳博士。
山　豬　幹嘛？
馬　克　我要糾正你的一個觀念。
詩　人　我也正要糾正你的另一個觀念。
山　豬　假裝冷伯不在喔。
馬　克　我們四人幫裡面，就只有你沒有資格講什麼「文學誤我一生」。什麼叫「陰天打老婆」？你打一個比你弱的人有什麼變態的樂趣？爲什麼冷伯不能講出我的心聲？
山　豬　你都唸到文學博士了，都已經是你夢寐以求的大學野獸了，你還在跟我們這些沒得混的人說那種屁話。你他媽清高不打女人，你以爲這樣你就是所謂的新好男人？爲什麼冷伯不能打女人，如果她們很賤的話？對不對，詩人？

詩人　令祖公不在這裡。

馬克　這是什麼 fucking logic？女人再怎樣，你也不能動手。喔，就只有外文系的學士有資格說文學是 bull shit，文學 Ph.D. 說的話就不是肺腑之言？這有道理嗎，詩人？

詩人　詩人已經神遊到拜占庭了。

馬克　幫我問候葉慈兄。

詩人　他說他老人家已經老到不能再來個 second coming 了。

山豬　當然有道理！動手是跟那些 bitch——

詩人　請加 s。

馬克　加 es。

山豬　動手是跟那些屄央 bitches 唯一溝通的方式。你從大學就他媽喊著一定要搞個文學博士，做個文學教授，你現在……怎麼說？——求仁得仁，有什麼好抱怨的？

馬克　如果求到的是杏仁呢？如果你發現很多大學教授在觀念上是最跟不上時代，可是在追求名利方面卻又比商人還陰狠的一群寄生蟲敗類的老雞歪，如果你發現再過幾年你就會變成那些老賊，你會做何感想？

詩人　Let us go you and I to KTV……

山豬　你就不要跟他們同流合污，你清高你的不就結了？

詩人　In the room people come and go……

馬　克　問題是我自己也很下流怎麼辦？

詩　人　Talking of 羅大佑。

山　豬　那是你自己的問題。我操他媽這一輩子算是廢了，沒救了，烏蛋了。

詩　人　It's finished …… finished.

山　豬　我唯一能做的就是爲台灣的交通盡一點力。我每天不開計程車的時候，就拿著棒球棒巡邏，只要一看到違規停車的，我就他媽不管三七二十一的搥車子，只是有一次很衰，搥到了警政署長的轎車。你們一定以爲我瘋了，但是我告訴你們，每次我看到交通堵得亂七八糟，又看到一些雞巴毛的違規停車我就他媽一肚子火，我只好拿出我的棒球棒來管理秩序。我告訴你，我只有在搥車子的時候才覺得冷伯還活著。

詩　人　你是我們的救世主，台灣的彌賽亞。

山　豬　不敢當。

詩　人　台北市長應該頒獎狀給你的。

山　豬　我也覺得。我家附近現在沒有人敢亂停車的。

（電話響。山豬走過去接）

山　豬　喂？Peter 啊？

詩　人　叫他趕快滾回來！

山　豬　嗯？要我過去？爲什麼？……嗯……嗯……撞開啊！……你怎麼那麼菜啊。

詩　人　幹嘛啦？

山　豬　（對詩人）Mary 把自己鎖在廁所，還說她要吞掉整瓶的安眠藥。

詩　人　把門撞開啊！

山　豬　他的肩膀已經脫臼了。

馬　克　What？那他還能打牌嗎？

山　豬　我亂講的。

詩　人　我操，嚇我一跳。山豬，以後牌命關天的事，千萬不要開玩笑。

山　豬　他要我過去幫他把門撞開。

馬　克　我操，少了一腳，現在又要走一腳。

山　豬　等一下，我來 handle。（講電話）喂，Peter，我過去撞開門又能怎樣？我們可以把她綁起來，鎖在衣櫃裡，然後回來打牌到天亮，明天再放她出來嗎？……（對兩人）他還是要我過去，先把門撞開再說。（講電話）好吧，好吧，我馬上過去。（掛電話）

馬　克　你這叫作 handle 啊？

山　豬　我有什麼辦法？兄弟有難我能不借他肩膀嗎？我去去就把他抓回來。我的球棒呢？

詩　人　在那裡。

山　豬　操他媽的，都是那馬子找的碴。等一下要是把老子搞毛了，他媽的我就用球棒捅她。（已走出客廳）操他媽的欠幹！

（關門聲）

馬　克　我很想把山豬那個山頂洞人的話都錄下來。

詩　人　幹嘛？

馬　克　寫一本書。

詩　人　什麼書？

馬　克　退化論。

詩　人　那你乾脆把我們四個人的話錄下來，寫一本書。

馬　克　什麼書？

詩　人　變形。

（頓）

馬　克　現在要幹什麼？

詩　人　喝酒，幹什麼。

馬　克　Shit!

詩　人　Double shit!

馬克 Triple shit!
詩人 （想）Fourple shit!
馬克 沒那個字。
詩人 不然怎麼說？
馬克 Quadruple shit.
詩人 嗯，不愧是英美文學博士。
馬克 狗屁，我他媽的再修三個博士還是比不上你的天分。
詩人 天分？這幾年，我的天分——如果我眞的有的話——已經經過新陳代謝變成地上的大便了。
馬克 幹嘛那麼 cynical？
詩人 生活在這個世界，現在的台灣，你給我一個理由，叫我不要憤世嫉俗，一個就好了，可是不能用那個禿頭卻又喜歡用帽子遮羞的林清玄的平常心。
馬克 （假哭）我不要活了！台灣最有智慧的一代宗師離婚了！
詩人 不要難過，我相信他是用平常心離婚的。
馬克 我猜他做那種事也是用平常心。平常心眞好用，可以放諸四海。
詩人 難道你就不 cynical？
馬克 誰都會憤世嫉俗，問題是我不會放棄。可是你他媽的根本就是完全 give up 了。

操，想當年是誰發起系刊的？是誰成立話劇社？是誰得到人間副刊的新詩獎？「人間」呢！這年頭文章要上「人間」比下地獄還難欸！你知道我對你是又羨慕又嫉妒，當初也是因爲你的緣故我才開始寫劇本的，連Peter跟山豬那兩個沒什麼天分的半吊子，也受你的影響附庸風雅寫一些不像詩的詩；不成劇本的劇本。可是大學才畢業沒幾年你他媽的什麼都不寫了，高中也不教，到處打零工，你到底是在幹什麼你這？

詩　人　其實我也可以跟你一樣一直教書到老死，雖然教高中比教大學無聊。而且我教的是那種爛專科學店的放牛班。剛開始我還很天眞以爲可以教一些詩啦，小說啦點點點。可是學生根本他媽的不在乎，我發現我只是在滿足自己的ego，所以我就操他媽的跟學生一起混，天天教他們很簡單的英文，像什麼This is a book.，I am a dog啦，直到有一天有一個天才學生把我搞得崩潰了。

馬　克　男的女的？

詩　人　不要太興奮，不是那種崩潰。我因爲講課講得口水有點乾了，我就叫一個學生唸一下課文。結果那個天才把舌頭tongue唸成「躺Q」，把ugly唸成「U極來」，我他媽的差點沒當場昏倒。哈哈哈，全班大笑，哈哈哈，我也笑。可是就在我笑得倒在桌子底下的那一剎那，我突然發覺我他媽根本不是什麼老師嘛，我根本就是他媽的馴獸師，我是安親班的baby shit。那個學期教完我就辭了。後來我又經歷了一些雞巴鳥事，有一陣子，很短的一陣子，我在師大附近開pub，希望把它弄成像文藝沙龍的地方。我不想讓一些凡夫俗子進來，就在門口掛一個「狗與沒有靈魂的人免進」的牌子。結果他媽的沒有一個人進來，店沒開幾天就關門大吉了。

馬　克　你應該把這些都寫出來啊。

詩　人　給狗看啊？你知道我爲什麼不寫了嗎？你知道嗎？因爲我發現文學根本就是屁！什麼操他媽文學可以培養性靈的bull shit。我告訴你，那些搞文學的人性比一隻死狗的內臟還要腐爛。文學有什麼鳥用！好，假設我今天把我們四個人的故事寫成一個劇本，寫這間公寓多麼怪異，寫我們多麼腐敗，再加上用這個沒水的魚缸作象徵。曠世鉅作，對不對？可是又怎樣？把它搬上舞台盛大公演又怎樣？觀眾會有什麼反應？感動了一兩個人又如何？回家睡個覺第二天小個便就忘了，有什麼了不起？我改變了什麼，除了被林清玄告以外？你說！你說啊！……Fuck！Fuck他媽的文學！Fuck他媽的象徵！

（詩人作勢要用酒瓶砸魚缸）

馬　克　不要丟！

詩　人　爲什麼？

馬　克　象徵會破的。

詩　人　（無力）這個魚缸需要加水了。

馬克　你已經說過了。

詩人　眞的？（更無力）哎，Fuck the world。

馬克　好吧，Fuck the world。

（兩人同時很洩氣地坐在長沙發上）

詩人　你不要管我怎樣，也千萬不要像我這樣。你就好好的教你的書，做一個看起來很清高的教授就可以了。

馬克　講到做教授，其實我眞正最想做的是，也就是說如果我有道德勇氣的話，我會馬上辭掉教書的工作，然後——

詩人　然後幹什麼？

馬克　開補習班！

詩人　有志氣！來乾一杯！

馬克　喝慢一點，不要還沒打牌就醉了。

詩人　幹！有人一大早就要自殺，爲什麼我不能酗酒？

馬克　好吧，醉就醉吧他媽的。

詩人　其實，你已經混得不錯了。

馬克　狗屁。有時候我有一種大勢已去的感覺。

詩人　你那個 play 不是很成功嗎？

馬　克　有什麼鳥用？你難道不覺得我們的時代已經過去了？

詩　人　什麼過去了？根本沒來過，怎麼過去？我已經四十歲了，可是我還相信我是國家未來的主人翁。

馬　克　我們跟不上時代的腳步，這個社會對我們來說越來越陌生。年輕的時候我們被別人控制得乖乖的，現在我們被自己控制得乖乖的。

詩　人　聽起來好像你的性生活不太愉快。

馬　克　媽的，這個跟我的性生活有什麼關係？

詩　人　絕對有關係。你太壓抑了。

馬　克　對，我性壓抑。

詩　人　找個學生談戀愛吧。

（詩人邊講邊用手在沙發座墊底下找東西）

馬　克　你在幹什麼？

詩　人　美國人不是說要知道一個人的祕密，檢查他的垃圾就可以了嗎？我的理論是檢查他的沙發。欸，找到二十塊。

馬　克　見者有份。

詩　人　一人十塊。再看看喔，欸，一條內褲。

馬　克　男的女的？

詩　人　看不出來。把它當成女的好了，比較有收穫的感覺。（把內褲塞回去）我操，這是什麼？保險套！

馬　克　我操！

詩　人　Peter這小子真不是蓋的，隨時隨地都有準備。

（詩人將保險套塞回去）

馬　克　I lose him very much.

詩　人　我們都輸他很多。說起來很悲哀，如果照世俗的標準來看，我們四個裡面，只有Peter那個高等華人最有搞頭。

馬　克　Fuck him.

詩　人　我和山豬算是完了。有一陣子，在我騎車回家的路上，有一隻病得差不多的黑狗，躺在路中央。就這樣躺在馬路中央，車子來來往往牠也不管。我猜牠是想死，我也很想他媽的給牠死，可是就是下不了手。

馬　克　管牠去死。你不要沒事跟山豬比？山豬他是扶不起的阿斗他——

詩　人　你錯了，山豬是我們裡面眞正用行動在解救這個社會的。

馬　克　放屁！沒事拿個棒球棒砸人家的車子算什麼救世主？他根本就是fucking他媽的crazy。

詩　人　別忘了喔，當初那個事件發生的時候，就是山豬最有種，堅持要把戲演出來。

馬克　過去的事算了。

詩人　我是無所謂啦。可是，我們本來可以做點事的，就是因爲Peter他媽的沒種，結果什麼事都沒有做。

馬克　也不完全是Peter的錯……

詩人　我操，你到現在還在替他辯護。當初就是他一個人沒來，我們的戲結果沒演成——

馬克　山豬爲了這件事到現在還不爽。

詩人　我也不爽啊！問題出在Peter，男主角失蹤了戲怎麼演？

馬克　算了，別提了。

詩人　有時候我在想，如果我們那時候不管教官的警告，眞的把戲演出來，現在的我們不知道會變成什麼樣子。

馬克　還是一樣。你以爲一件鳥事就可以改變人的一生。

詩人　爲什麼不可能？你不是天天在用文學作品，教學生怎麼樣詮釋象徵，怎麼樣以小看大、以管窺天嗎？

馬克　那是文學，不是人生。

詩人　這麼說你天天在騙你的學生囉？

馬克　本來就是。有一個經驗我永遠忘不了。我在美國有一次，冬天開車到芝加哥的現代美術館，就在密西根湖的旁邊。看完裡面，我就走到外面去抽菸。夏天的時候外面比裡面漂亮。有水有樹有風，還有湖面上的帆船。可是那天剛好是冬至，冷得要死，外面什麼鳥都沒有。我邊發抖邊抽菸，一邊看著旁邊的雕塑，有穿衣服，也有沒穿衣服的。突然，我看到比較遠的地方，有一個老人坐在椅子上的雕塑，全身銅褐色，而且衣服有稜有角，不輸中古時期的雕像，簡直是太屌了。我就趕快走過去，想看仔細一點。我越走越近，越走越近，結果走到差不多十幾公尺的時候，我不敢再走了。因爲我他媽不能確定那個老頭到底是雕像還是眞人。就在那時候，一切的美感全部不見了。你知道我的意思嗎？

詩人　……我覺得我應該成全那隻狗的。

馬克　你就壓牠嘛操！

詩人　……我壓不下去……我還是在想，如果我們演了那齣戲——

馬克　（生氣）他媽的，你不要沒牌打，就跟我山地饅頭起來。那齣戲有沒有演成並不是什麼大不了的事情。山豬要活在過去，那是他想不開活該。對我來說，過去就是過去。而且，如果你眞的要我回想過去，我對過去只有一個字來形容，那就是SHIT！我們那時候只會做夢，聽搖滾樂，把John Lennon當作偶像。結果他教了我們什麼屁？Imagine there is no country，還有什麼Love is real, real is love，一些連白癡都會講的話，結果他媽的全世界的年輕人把他嗑藥後寫的garbage當成經典，把一個連自己私生活都搞不好的人當作偶像，簡直是操他媽二十世紀最大的

詩人　笑話！那時候我們沒什麼可以選的，不崇拜 Beatles 要崇拜誰？難道要崇拜謝雷嗎？

馬克　所以啊，不要再跟我談什麼過去鳥雞巴的事。

詩人　好！以後我再山地饅頭的時候，我授權給你，踢我老二一下提醒我。操，沒酒了。（走到書櫃找酒）媽的，都是空的……我去買酒，馬上回來。（看時鐘）哇塞，十二點了。你要喝什麼？

馬克　隨便，快去快回。

（詩人走出客廳）

詩人　（場外，唱）「心事那莫講出來，有啥人會知。」

（詩人又出現於拱形入口處）

詩人　你知道嗎，我第一次聽到這首歌的時候，我眼淚都流出來了。我老爸死的時候，我都沒哭得那麼傷心。

馬克　你要我踢你老二嗎？

詩人　喔，媽的，我一定是醉了。

（詩人離場。不久，關門聲。舞台上暫時無聲）

馬克　（唱）Long, long time ago, I can still remember……how that music used to make me smile……（突然低頭想事情，越想越懊惱）Fuck！Fuck！Fuck！操他媽的

fuck！

（馬克發洩到一半時，著淺色洋裝的 Rose 已經出現在拱形入口）

Rose　一個人在 fuck 什麼啊？

馬　克　嚇我一跳！Rose！妳怎麼進來的？

Rose　這是我房子，我有鑰匙。

馬　克　噢。

Rose　又要打牌啊？

馬　克　對啊。

Rose　人呢？

馬　克　他們都突然有事，一個一個走了。妳剛才沒看到詩人下去嗎？

Rose　沒有。還好沒有，不然等一下他又有笑話講了。

馬　克　詩人對女人就是這樣，沒什麼惡意。

Rose　這是什麼 logic？他對女人很刻薄，但是沒有惡意？

馬　克　我……我的意思是說……

Rose　我回來拿東西，馬上就走。

（頓。Rose 走向舞台右邊，由右翼幕下。馬克在沙發坐下。坐不住，馬上站起來。不久，Rose 出來，手上拿件深色大衣）

Rose　我走了。

馬　克　Rose……

Rose　幹嘛？

馬　克　妳為什麼不願意見我，後來還不接我的電話？

Rose　我沒有心情。

馬　克　我只想跟妳見面聊聊。

Rose　聊什麼？有什麼好聊的？我和你大學在一起三年，我知道你的個性。你主動找人，絕對不會是只要聊聊的。

馬　克　這是什麼話？

Rose　你回來幾年了？

馬　克　三年。

Rose　為什麼一年前才找我？為什麼不回來就找我聊聊。

馬　克　因為……我以為妳跟 Peter 過得不錯，不想——

Rose　噢，後來聽說 Peter 一直在外面亂搞女人，我要跟他離婚，你才願意出現？幹嘛？想救我嗎？想把你的肩膀借我靠靠？你也太小看我了。

馬　克　我以為——

Rose　以為什麼？我們會有希望？你以前常說 Peter 這個人很勢利，很功利主義，你自己

馬　克　還不是一樣。沒希望，連寒暄都不必了，一有希望就一副沒見到面會死的樣子。我不是那個……好，妳知道我爲什麼不一回來就找妳嗎？……因爲我還在氣妳！氣妳爲什麼在我出國最寂寞的時候跟 Peter 在一起，氣妳爲什麼只寫一封訣別信，其他什麼都沒有解釋……妳到底看上 Peter 哪一點？他比較會賺錢？難道我們以前三年是白混的？難道當初不是妳鼓勵我出國，去追求他媽的理想，說什麼「沒關係，我會等你」的話？

Rose　講這些都沒有用——

馬　克　我眞搞不懂，妳爲什麼會看上 Peter。難道當初我們三個混在一起，他就——

Rose　他沒有。

馬　克　那妳爲什麼愛上那個市儈的小子？

Rose　因爲他市儈得很老實。

馬　克　妳爲什麼到現在還不跟他離婚？

Rose　因爲很多事情扯不清。

馬　克　搞了半天還是爲了錢。

Rose　爲了錢又怎麼樣？我沒你那麼清高。

馬　克　就這樣？不離婚，又不住在一起，那小子還可以天天在外面搞女人。

Rose　他可以搞女人，我也可以搞男人。

馬　克　Fuck，這是什麼世界！

Rose　你是活在什麼世界？你到底想怎樣？

（頓。Rose看到沒有水的魚缸）

Rose　你們眞的很有創意，魚缸都可以變成菸灰缸。

馬　克　反正沒有水，也沒有魚。當初買魚缸這麼俗氣的事應該是Peter的idea吧？

Rose　我也忘了。搞不好是我的idea。那時候想得也太天眞了，以爲兩個人結婚，搞一個魚缸來，就可以讓一個家更像個家。

馬　克　如果結婚的是妳跟我，我們根本不需要什麼魚缸。

Rose　那我們需要什麼？

馬　克　我們什麼都不需要。只要兩個人在一起。

Rose　你在寫愛情小說啊？

馬　克　至少我絕對不會爲了錢跟妳在那裡囉哩囉唆的。

Rose　我知道你對錢不在乎，這一點你比別人都清高。可是世界上不是只有錢的問題，還有很多別的問題，難道要我舉例給你聽嗎？奇怪，我他媽跟你講這些幹嘛呢？

馬　克　妳當初就根本不應該莫名其妙的把我甩掉。

Rose　事情都過去那麼久了，你到底要我怎樣嘛？

馬　克　妳欠我。

Rose 好，我欠你。你要我怎麼還？要我跟你上床嗎？一次？兩次？幾次才夠？好啊！來啊！現在就做啊！

（Rose 走到馬克身旁，邊講邊拉著他的手臂。馬克最後終於掙脫）

馬　克　Fuck you!

Rose　來啊！

馬　克　妳怎麼變得這麼可怕？難道妳對我完全沒有感覺了？有沒有，妳說！如果眞的沒有，我以後不會再煩妳，也不想再看到妳。

（頓）

Rose　……

馬　克　（走向 Rose，兩手放在她肩膀上）我就知道。

Rose　……

馬　克　我就知道。這幾年我過得很壓抑，我和我老婆已經陷入一種 routine 了，變成一種習慣，她根本不了解我……

Rose　你不要誤——

馬　克　妳知道嗎？

Rose　會，我只——

馬　克　我想跟妳做愛想得都快瘋了，可是妳剛才——

（Rose突然吻著馬克，馬克也回以狂吻。兩人熱吻一陣，很有默契的移向沙發，倒下。馬克邊親吻著Rose，邊用一隻手在沙發墊子下摸索）

Rose　你在幹嘛？

（馬克拿出沙發墊下的內褲）

Rose　你拿Peter的內褲幹嘛？

馬克　哦！

（馬克覺得有點噁心地把內褲塞回去，然後繼續找）

Rose　你到底在找什麼？

馬克　沒有。

（馬克放棄找了）

馬克　噢，Rose……

Rose　不要講話……

馬克　Rose……我這幾年就等這一天……

Rose　不要講話……

馬克　噢……Rose，噢……Rose。妳是我的。

（Rose突然用腳拱馬克胯下，馬克叫一聲。Rose站起來，整理儀容，從容地拿起大衣。準備離去。馬克兩手撫著胯下，試圖站起，發覺很痛，趕緊坐在麻將

桌右側）

馬　克　（痛得聲音都變了）妳幹嘛啊？

Rose　幹嘛?!你們男人就是他媽的同一個德行。只要女人讓你們碰一下就得意忘形，什麼「妳是我的」的屁話都講得出來。

馬　克　我剛才是激情之下講的話，妳何必——

Rose　激情個屁，你就是那個意思。你們男人飢渴的時候「愛你一萬年」都他媽的講得出來。我走了！希望沒傷到你的要害。

馬　克　妳這樣搞我是——妳幹嘛先吻我？

Rose　你話太多。我只是想讓你閉嘴。

馬　克　這是妳的習慣嗎？有人話太多，妳就用嘴巴貼嘴巴，讓人閉嘴？

Rose　很有效。

馬　克　妳的嘴巴一定很忙。

Rose　應接不暇。

馬　克　妳變太多了。

Rose　謝謝。可惜你都沒變。可惜你們幾個都沒變，還像幾隻天天在發春的野狗。

馬　克　我在妳的眼裡就是一隻狗？

Rose　對。

馬　克　那我們以後呢？

Rose　我現在的心情只想養一隻貓。

（頓）

Rose　我走了。

（Rose走出客廳）

馬　克　Ro——（想站起來，可是還是很痛）我操……

（Rose又走回來。這時的她已經穿上深色的大衣）

Rose　你眞的想知道我爲什麼離開你嗎？你想知道我哪時候開始對你失望嗎？那和Peter有沒有錢沒關係，和你在不在台灣也沒有絕對的關係。

馬　克　那——（太痛了講不下去）

Rose　你還是暫時不要講話。你還記得畢業前你們四人幫要搞一個舞台劇吧？你做導演，詩人負責改編王拓的《金水嬸》，Peter演男主角，我演女主角，山豬幹什麼我忘了。

馬　克　他演一條牛。

Rose　Anyway，沒想到演出前一個禮拜美麗島事件發生了，突然我們這些熱血的文藝青年嚇到了。詩人不表示意見，說是看大家的意思，山豬那條牛堅持要演，Peter認爲太危險了，建議取消演出，最後是你決定去問教官的意思。

馬　克　教官叫我們不要演。

Rose　他眞的這樣講嗎？

馬　克　他勸我們最好不要演。

Rose　你到現在還想騙我！我後來自己去問了。教官說《金水嬸》沒有什麼政治影射，照常演出應該沒關係。

馬　克　問題就出在「應該」兩個字。什麼叫作「應該沒問題」？到時候出事了他會負責嗎？

Rose　那你那時候就應該跟大家商量啊！把話講清楚嘛！你只跟 Peter 講「不太妙，很曖昧」，結果他馬上就跟女朋友跑到金山去玩了，等他回來的時候，你卻又怪他事情都還沒搞清楚，就先落跑了。

馬　克　那時候我眞的嚇到了，你要我怎麼辦？

Rose　我也嚇到了啊！我們不是烈士的料子就不要裝嘛。詩人一副可有可無的態度和 Peter 擺明的不敢演有什麼兩樣？

馬　克　我們本來就不是烈士。

Rose　可是你不能讓 Peter 一個人揹這個黑鍋啊。

馬　克　這件事 Peter 知道了？

Rose　我才懶得告訴他。

馬　克　謝謝。

Rose　不用謝。他根本不在乎別人怎麼看他。

（頓）

Rose　我走了。

（Rose走出客廳。開門聲）

詩　人　（場外）嗨。

Rose　（場外）嗨。

詩　人　（場外）Bye.

Rose　（場外）Bye.

（詩人出現於客廳，手上拿著一瓶酒）

詩　人　豔遇不錯嘛。

馬　克　狗屁啦。

詩　人　兩個人有沒有「敘舊」啊？

馬　克　敘他媽的老舅子！

詩　人　（指著外面）我買了一大堆東西，要不要吃？

馬　克　（本來想站起來）……你先吃，我不餓。

詩　人　你還好吧？聲音有點怪怪的。

馬克　沒事。

詩人　那就來吃啊，陪我喝酒。

馬克　你先吃，我眞的不餓。

（開門聲）

詩人　他媽的，回來了。

（Peter和山豬走進客廳）

Peter　Sorry. Sorry.

山豬　打牌，打牌。

詩人　先吃飯吧，我買了一些泡麵。

山豬　少囉唆，等一下再吃。浪費太多時間了。

詩人　解決了沒有？

山豬　解決了。我操，那馬子眞的吃了安眠藥，昏倒在浴室裡面。

詩人　結果呢？

（幾人邊講邊上桌，準備打牌）

山豬　沒事啦。她才吞下五顆，死不了的。

詩人　你怎麼知道？

山豬　她吃的是那種鋁箔包裝的，算一算就知道了。

詩　人　你確定？

Peter　不管了，打牌！他媽的想用自殺要脅老子娶她！門「兒」都沒有。

山　豬　（對馬克）陳博士你還好吧，怎麼臉色蒼白？

詩　人　他等打牌等到貧血。

山　豬　四人開打，快！

Peter　來！

（四人搓麻將，理牌。以下將以燈暗燈亮的方式代表時間的推移）

（燈暗，燈亮）

馬　克　時代變了。現在的大學生根本不曉得誰是沙特或卡繆。他們現在看的是漫畫，比較有文藝細胞的就讀村上春樹的小說。

山　豬　什麼樹？好像一道菜名。

（燈暗，燈亮）

Peter　我早就想把這間賣了。外面很 modern，裡面蓋得像違建。世界上再也沒有比 Rose 她老母更土的人了。客廳跟廚房中間居然隔了一道不知道是什麼他媽的什麼東西。

詩　人　凱旋門。

Peter　住在裡面好像山頂洞人一樣。我當初就想把它拆了，她媽說不准，她說她比市價便宜三百萬賣我，所以我房子的隔間什麼都不能動。現在好了，我和 Rose 分居，她帶她媽去住信義路我的錢買的那一間。我的錢哪！

山　豬　Rose 不是也有出錢嗎？

Peter　她有出一點，大部分都是我的錢。可是房子在她名下我現在怎麼辦？

（燈暗，燈亮）

山　豬　現在的小孩子不好養。我那個女兒我根本拿她沒辦法。

馬　克　我那個兩個小鬼也是一樣。有一次——

詩　人　打牌的時候請不要談家務事。

Peter　沒錯。

（燈暗，燈亮）

Peter　現在家裡我講話最大聲。我就是老子。冷伯講話我老爸老母都得聽我的。我只要眉頭一皺，他們就躲得遠遠的，連呼吸都不敢太用力。

詩　人　（問山豬）你老爸怎麼樣？

山　豬　還是老樣子。每天坐在輪椅上面，兩眼看前面，也不知道在看什麼。

Peter　眞是風水輪流轉。以前小時候講話大聲一點，我老爸二話不說就拿皮鞭抽我。現在只要我不爽，兩眼一瞪，他就像躲毒蛇一樣，趕快閃一邊。

山　豬　我最近聽說有一種中藥……聽說病人一吃睡了就起不來了。

（燈暗，燈亮）

詩　人　各位麻友弟兄，我要向你們宣布一件很悲哀的事情：中文已經死了。

馬　克　阿門！

詩　人　你們知道這是誰的錯嗎？是誰強姦了中文？就是現在的年輕人。在所有他們搞出來的所謂的新的語言，像什麼「單身貴族」，「新的次元」，什麼什麼症候群啦，還有白痴在講的「遜斃了」，「酷斃了」，在所有的新的語言當中，我最受不了哪兩個字你們知道嗎？那就是「我靠」。什麼叫作「我靠」？發明「我靠」的人應該被槍斃下地獄的！

馬　克　阿門！

詩　人　「我靠」怎麼寫？給人什麼印象？是手銬？還是火烤？原來的「我操」不是很好，很傳神，簡潔有力嗎？為什麼會變成不三不四的「我靠」？中文的墮落可見一斑。各位麻友，讓我們爲「我操」哀悼三秒鐘。

（四人低頭三秒）

四　人　阿門我操。

（燈暗，燈亮）

山　豬　想起來就好笑，全班就我們四個人沒有英文名字。教我們聖經文學長得像猴子的Father就說不行，一定要有英文名字。我那時候是呆呆的，根本不知道要取英文名字。

Peter　我是沒辦法決定要選哪個名字。

山　豬　我早就取好了，可是怕被別人笑，不敢講出來。詩人是故意不選，還跟Father argue了半天。

山　豬　最後他一火大，Bible一翻，就說那就用寫新約那四個人的名字好了。

Peter　結果他叫我John。約翰是世界上他媽最普通的名字。我乾脆爲自己取Peter。

馬　克　就是那個否認耶穌三次的Peter。

Peter　沒錯。

詩　人　這個名字很適合你。

Peter　謝謝。

山　豬　他給我是世界上最難唸的馬修。（誇張的）Matthew, Matthew。操，我到現在還不會唸。還是 mountain pig 比較適合我。

Peter　還是馬克最乖，名字都沒改。

馬克　詩人最帥，就硬是拒用英文名字。

山豬　每次 Father 點名叫到路克，詩人就是不理他。最後 Father 投降了，問詩人到底叫什麼。

馬克　What is your name, my son?

詩人　My name is 胡成越。

馬克　Who?

詩人　Yes, Hu.

馬克　What, my son?

詩人　Hu, Fahter.

馬克　What who? Who what?

山豬　全班他媽笑翻了。

詩人　結果老子就因爲 who-what-what-who 被記了一個小過。

Peter　後來那個老雞歪呢？

馬克　講話客氣一點，他可是我的恩師呢！

Peter　對不起失敬了，後來那個老雞歪神父呢？

馬　克　這還差不多。

山　豬　不是聽說後來他還俗了，而且還聽說才還俗沒一年，就有兩個上小學的小孩。可見老雞歪還俗前早就——

馬　克　這他媽都是謠言。他還俗後就失蹤了，根本沒有人知道他在哪裡。有人說他已經死了，有人說他跑到 Hawaii 去賣人壽保險了。

（燈暗，燈亮）

Peter　我最近發現一個大道理。這個男人啊，老二槓起來的角度和他口袋有沒有錢成正比。

詩　人　以前比長，現在比角度。

馬　克　Peter 啊，我現在是酒後吐眞言喔，希望你不介意。

Peter　請講。

馬　克　像你這種濫交的人比野狗還不如。

詩　人　請不要侮辱人類最忠實的朋友。

（燈暗，燈亮）

馬　克　我眞不知道現在的年輕人在想什麼。

山豬　管他們去死！
Peter　對，他們什麼都不想，只想打砲。
詩人　跟你有什麼不同？
Peter　操，你把我問倒了。
馬克　我們受的苦，他們沒受過；我們的理想，他們沒有。
山豬　他們只有現在。
Peter　我們創造了經濟奇蹟，他們創造了什麼？
山豬　KTV。
馬克　我們穿「中國強」。
山豬　他們穿 Nike。
馬克　我們拒看台灣的電視。
山豬　他們搶著上電視。
馬克　我們讀《麥田捕手》。
山豬　他們看《灌籃高手》。
馬克　我們看 *A Man and a Woman*。
山豬　他們看「我不笨，所以我有話說」。
馬克　我們聽 Joni Mitchell 的 *Woodstock*，他們聽什麼？

山　豬　張惠妹的*Bad Boy*。

馬　克　我們偷看小本，他們看什麼？

山　豬　他們看A片。

馬　克　你滿了解他們的嘛。

山　豬　謝謝，計程車不是白開的。

馬　克　他們到底有什麼。

Peter　青春。

詩　人　你們的教義問答結束了沒？

馬　克　結束了。

詩　人　結束了就shut the fuck up！

（燈暗，燈亮）

詩　人　我們剛才講了半天的結論是什麼我忘了。

山　豬　結論是上一代很腐敗——

Peter　我們這一代也鳥蛋了——

馬　克　下一代更沒救了。

詩　人　謝謝。

三　人　不客氣。

（燈暗，燈亮）

山　豬　我以前學的英文忘得差不多了。

詩　人　Me too.

山　豬　只記得一些髒話。

詩　人　Me too.

山　豬　唯一可以向人賣弄的是fuck的各種時態都會用。

詩　人　Me fucking too.

（燈暗，燈亮）

馬　克　Peter，我差點忘了跟你講。

Peter　什麼？

馬　克　我今天差點上了Rose。

Peter　送你。

馬　克　送我？

Peter　Sorry，我錯了。她本來就是你的。

詩人　你們這一段對話很發人深省，雖然我不知道它代表什麼。

（燈暗，燈亮。四人突然同時踢開座椅，往後退兩步，形成一圓圈。每人都像野獸般，好像隨時會撲向一方。對白進行中，四人很慢地同時以逆時鐘的方向移動。對白重疊部分極多，有時候二人，三人，甚至四人同時講話）

山豬　我他媽講一下過去，你們有什麼不爽的？

馬克　大學都畢業十幾年了，你每天還在那邊山地饅頭的乾爽。

詩人　Fuck 他媽的大學！

Peter　去他媽的蛋！

山豬　你們就是看不起我！

馬克　看不起你又怎樣？

Peter　我幹你個文藝青年！

詩人　我們什麼都沒有做！

Peter　Shit! Shit! Shit! Fuckign shit!

詩人　我們什麼都不能做！

山豬　Fuck you! Fuck you! Fuck you all!

詩人　老子我要放棄管你們鳥雞巴事！

山豬　我他媽也放棄爲什麼沒有人關心？

馬克　Fuck you!

Peter　雞巴毛炒韭菜！幹！

詩人　一切都完了都完了都完了！

山豬　我操我操我操操操！

Peter　賤賤賤賤賤賤！

馬克　你們都是廢物！Garbage！

Peter　人之初，本欠幹！人之初，本欠幹！人之初，本欠幹！

詩人　躺QU極來！躺QU極來！躺QU極來！

馬克　操他媽的你們都瘋了！（順手拿起身旁的球棒）我把你們一個個打死我操！（馬克正要打Peter）

詩人　等一下！暫停！Time out！

（四人突然不動，像野獸般的喘氣）

詩人　我們今天的目的是什麼？

山豬　打牌。

詩人　生活的目的是什麼。

Peter　打砲。

詩人　我是問眞格的。

馬克　在增進人類全體之生活。

詩人　生命的意義？

山豬　在創造宇宙繼起之生命。

Peter　還是打砲嘛。

詩人　因此？

馬克　我們要莊敬自強。

山豬　處變不驚。

馬克　以不變應萬變。

詩人　我們有什麼好吵的？

山豬　沒有。

詩人　我們有心結嗎。

馬克　有。

詩人　有又怎樣？

Peter　沒怎樣。

詩人　所以？

三人　打牌。

（四人回座，繼續打牌。燈暗，燈亮）

山　豬　昨天差一點在餐廳跟人打架。

Peter　爲什麼？

山　豬　他們不讓我進去。

馬　克　你手上拿著球棒誰敢讓你進去？

山　豬　可惜我那時候就是沒帶著球棒。我是爲了拿一帖中藥的藥方，跟朋友約在一家餐廳。結果我一進去，waiter 就他媽的問我：「有沒有訂位？」我反問他：「爲什麼要訂位？」

Peter　現在很多家餐廳本來就是要訂位。

山　豬　冷伯就是最肚爛吃飯還要訂位的餐廳。

馬　克　不要去那種餐廳不就好了？

山　豬　操他媽的什麼叫作「訂位」？沒有訂位就不能進去吃飯？什麼東西嘛！這個社會就是這樣。

Peter　餐廳要不要訂位跟這個社會有什麼關係？

馬　克　就是啊。

山豬　你們有搞頭的人不懂。詩人就知道我的意思。詩人——
詩人　什麼？
馬克　我們詩人醉過頭想睡覺了。
山豬　沒膏了啊？
詩人　沒有啊。
Peter　振作一下。
詩人　我很振作啊。
山豬　來，我們喊一下口訣，保證他馬上醒來。
馬克　好！
Peter　好！開始！
山豬　一張床。
Peter　兩人睡。
詩人　三更半夜。
馬克　四腳朝天。
山豬　五體投地。
Peter　六神無主。
詩人　七上八下。

馬　克　久不久？

四　人　十分鐘。

（舞台燈漸亮）

詩　人　哈！果然精神大振。我操！天亮了。

山　豬　他媽的，時間不多了。

Peter　管它去死。我來變魔術。

（Peter 走到舞台前左側，作拉窗帘狀。舞台燈漸暗）

Peter　你們看，窗帘一拉不又是晚上了嗎？

馬　克　太神奇了，彼得。

詩　人　太好了！（指著時鐘）零點零分，時間爲我們停住了。

山　豬　哈，繼續，繼續。

Peter　打，打到中風爲止。

山　豬　打到吐血爲止。

Peter　打到海枯石爛。

馬　克　打到世界末日。

詩　人　夜夜夜麻……

（四人繼續打牌）

（燈漸暗……）

（全劇終）

——完成於一九九七年

李國修作品

李國修

山東人，1955年生。1986年創立屏風表演班以來，已推出三十餘齣膾炙人口的舞台劇，作品有《京戲啓示錄》、《徵婚啓事》、《西出陽關》、《三人行不行》、《北極之光》等，集編、導、演於一身，現任屏風表演班藝術總監、台北藝術大學劇本創作研究所兼任副教授。於1997年榮獲第一屆國家文化藝術基金會文藝獎戲劇類，1999年第十九屆亞洲最傑出藝人金獎等殊榮。

京戲啓示錄

幕起之前——

・大幕前中下舞台置放平劇❶之一桌兩椅。

・音樂池中擺設數張方桌及長凳。

・開演前五分鐘，自舞台上陸續走來茶座中的戲迷，他們打招呼、寒暄、話家常。跑堂❷穿插其中賣花生、瓜子、甩毛巾把子❸。

・背景為民國三十五年，演員所飾劇中人分別為——趙掌櫃（陳繼宗飾）、跑堂（王嘉年飾）、老戲迷夫妻（黃士偉、鍾欣凌飾）、趙夫人（林美秀飾）、次子（朱陸豪飾，蕭恩裝扮，無帽無髯口）與富家女（劉珊珊飾）、梁老闆（李天柱飾）、李師傅（李國修飾）、旦角（石幸宜飾）、戲迷（單承矩飾）、銀樓老闆與妻（李小平、林嘉麗飾）、劉隊長（高明偉飾）、豔妓（楊麗音飾）。

・SE：平劇文武場❹樂漸揚起。
・茶座中，偶爾串出幾聲戲迷碰頭彩❺的叫好聲。
・演出之前，劇中人陸續離場。
・茶座中——僅留下趙掌櫃。
・燈光漸暗。

序場——幕起

・景：白紗、中華商場❻修國家（懸吊景）。
・人：李修國、石宜幸。
・大幕起。
・幻燈字幕：

「京戲啓示錄」

・正面投影機投射出幻燈片：

在舞台上正上演著平劇、伶人❼的戲鞋。（彩色）

畫面穿插跳接——各種角度縫製戲靴的雙手。（黑白）

・稍頃，場上燈漸亮。

．李修國站在一桌兩椅後方，他提著一雙戲靴，看著空曠的大舞台。
．中華商場（懸吊景）逐漸下降。宜幸，上。
．宜幸拉開木門，入。投影畫面轉換成正背照投影。

宜幸　修國，你找我啊？
修國　這雙戲鞋你拿給柱子試試看！
宜幸　——你大哥做的手工很細！
修國　現在就是我大哥做嘛！——我沒有辦法想像三十多年前，我是在中華商場長大的小孩。
宜幸　又在想你父親？
修國　從我們談戀愛開始——你一直沒有見過我父親。
宜幸　都是聽你說他，你說你跟你父親個性很像——你不就是他嗎？
修國　不是。不一樣——一樣！當然是。
宜幸　中華商場拆掉前一天晚上，你帶我回去看過，我只看過那一次——（推拉門）我唯一的印象就是你們家的門，拉開、關上、拉開——滑輪跟軌道摩擦的聲音——我喜歡那種時鐘軌道的聲音，它是一種傳統的又有一點限制，不過卻讓我有一種安全感。

修國　越來越遙遠了——

（中華商場景片，上）

修國　怎麼辦呢？時間一直往前，我只能憑記憶回到過去，過去所發生的一切愈遠愈模糊。有時候我經常懷疑那些曾經眞實發生的過去是確有其事？還是根本沒有發生過？

宜幸　修國，不要想太多，演戲了。

修國　大家都準備好了嗎?!

宜幸　應該都準備好了?!

修國　好！通知大家準備演梁家班！

・燈光暗。

・SE：國劇音樂揚。

・白紗幕打上字幕：

「風屏劇團 is BACK！」

・下轉第一場。

第一場　梁家班之楔子

・景：河面上。背景類似三峽❽景觀之巨畫、石頭數塊。
・人：蕭桂英（次女、華詠飾）、蕭恩（次子、豪陸飾）、漁民五組（年嘉、莉嘉、矩承、凌欣、偉士、又珊、平小、宜幸、明偉、秀美分飾）。
・燈光亮，河面上煙霧瀰漫。
・SE：平劇鬧台❾，音樂轉成《打漁殺家》❿之開場樂。

桂　英　（接唱快板）父女打漁度生涯，青山綠水難描畫，一葉扁舟到處家。

蕭　恩　兒啊。（唱）父女打漁在河下，家貧哪怕人笑咱，桂英兒掌穩舵父把網撒。

・父女作覓魚狀，蕭恩撒網、拉網——身段⓫。
・SE：水流聲加文武場。
・河上，出現另外五條船的漁民們，各自划船、捕魚。
・稍頃——

桂　英　爹爹要仔細了。

蕭恩 （唱）怎奈我年紀衰邁氣力不佳。

桂英 爹爹年邁，這河下的生意不做也罷。

蕭恩 本當不做這河下生意，你我父女拿什麼度日呀?!

桂英 喂呀——

眾人 父女打漁在河下。家貧哪怕人笑咱。看看不覺紅日落。一輪明月照蘆花照蘆花、照蘆花。

‧燈光漸暗。

‧SE：文武場樂轉現代樂。

‧幻燈字幕：

「風屏劇團 演出」、「梁家班」、「第一場 漁民」

‧景：魯青茶園之戲園。

‧人：梁老板、次子、次女、二媽、次媳、琴師、包頭、李師傅、徒弟、長女、趙掌櫃、劉隊長、隊員甲。

‧燈光亮——梁老板站在舞台中央，手上拿著藤鞭。

‧次子、次女再度登場，只走身段。父女做覓魚狀，蕭恩撒網、拉網。

‧燈光暗。

・幻燈字幕：

「民國五十三年・秋天　山東・魯青茶園」

・燈光亮。

・白紗幕，漸升。

梁老板　不成！連英！我只說一次，晚上登台再犯錯，去祖師爺面前跪到天亮。蕭恩在撒網之前，雙手提著網一抖，左邊套在手指上，把網撒在右臂上，一亮，左手提網（網的總繩），右臂往前一送，隨著甩鬍口，把網張開、撒開——學問就在這一張一撒，左手往下一沉，這不就像有魚入網了嘛?!

（徒弟捧著茶盤上有兩碗飯，上）

梁老板　幹什麼你？小猴兒？

徒　弟　師父！二師哥和小師妹他們倆還沒吃飯吶！

梁老板　你們餓了嗎?!

次　子　有一點——

次　女　不餓！

梁老板　嗯！小猴兒你吃飽了嗎!?

徒　弟　吃了，吃了一半。二大媽——（口齒不清）

梁老板　誰？

徒　弟　二大媽擔心二師哥、小師妹他們倆空肚子練功，叫我把飯端上來——

梁老板　這戲台是吃飯的地方嗎?!——我正在說戲吶！

徒　弟　師父！那我拿下去——

梁老板　回來——少吃一頓飯怎麼啦?!大夥都沒吃，你先吃一半，你做什麼事情都只做一半——跪下！

徒　弟　師父！小猴兒沒做錯什麼事——

梁老板　還頂嘴?!

（徒弟跪下）

梁老板　——昨兒夜裡你跟誰喝酒，一宵沒回來?!

徒　弟　跟大川叔、葉師傅——

梁老板　嗯？

徒　弟　還有大師姐。

梁老板　你跟他們說我什麼閒話？

徒　弟　沒有。

梁老板　（抽藤）沒有什麼?!——你還沒說（又抽），你好大的膽子！（又抽）說我什麼？

徒　弟　——我師父「一身好功夫，傳子不傳徒」！

（長女，上）

梁老板　小猴兒，我從來沒把你當作外人看！我把功夫先傳你二師哥！你要有慧根，早先學上了，我對誰都不偏心！跪好！（又抽）這是告訴你別再說閒話！（再抽）這是叫你往腦子裡記下！（再抽）這下要你永遠別忘記求祖師爺賞你飯吃！

長　女　爹！李師傅送戲鞋來了。

梁老板　連英！丫頭！你們去後院練功，什麼時候我滿意了，我讓你們吃飯！

次子／次女　是！爹！

（次子、次女，下）

梁老板　大妞！往後你別再跟小猴兒走得太近，姑娘家學男人喝酒，像話嗎?!

（次媳，上）

梁老板　小猴兒！手心手臂都是肉，我打在你身，疼在我心裡——

次　媳　爹！——您有功夫咱兩對對戲詞嗎?!

梁老板　媳婦！你去找葉師傅！

次　媳　我這是爲了戲好嘛！

梁老板　小猴兒！去後頭準備，傷口別上藥，最好留下幾道疤痕，將來你看著傷口一輩子忘不了。

（徒弟、長女，下）

（二媽引李師傅，上）

二　媽　喜奎！李老板來了。

梁老板　來得早，不如來得巧，李師傅就等著您的靴子了——

李師傅　試試厚底靴！二太太！您的彩鞋⑫看合不合腳?!

（二人試鞋）

二　媽　李師傅！您的鞋就是比沙子口鞋舖王二麻子做得好！

李師傅　我趕了一個晚上，到現在沒睡——

次　媳　我這雙鞋穿得挺舒服。（試走身段）

梁老板　嘿！一點都不差！（身段）您瞧這棺材頭⑬做得多紮實，這雲頭⑭縫得多好，就爲了李師傅您這雙靴子，我都要多唱幾台戲！

二　媽　老爺子，這雙彩鞋是李師傅特地做的，他說要送給小梅老板。

梁老板　小梅老板人還沒來哪！他這幾天在上海天蟾舞台公演。

次　媳　李師傅，您跟梅老闆有交情啊?!

李師傅　說不上，去年我在北京吉祥戲院看過他演的打漁殺家，在後台說了兩句話。講好我送他一雙鞋，他的腳樣我沒畫，我用眼睛看就知道他的尺碼，八九不離十就這麼大。

梁老板　我就怕您不做鞋！我們唱戲的穿什麼?!

二　媽　媳婦！這雙彩鞋拿給你三媽去。

次　媳　是，二大媽。

（次媳，下）

二　媽　李師傅！我給老爺子提個意見，您聽聽看——我說打漁殺家蕭恩婦女打漁那場戲，一條河面上怎麼看就只有一對父女打漁，我說場面要大要好看就得安排另外五、六條船，應該是一群漁民靠打漁維生，您說是這話不是?!

梁老板　傳統老戲有它古典之美，二大媽！您這瞎出意見，非挨老戲迷一頓臭罵，你懂什麼?!

李師傅　我聽說梅蘭芳⓯老闆都是一邊演戲，一邊改戲！

二　媽　哎！我正要說哪——人家說的是，戲是愈改愈好，觀眾都得看熱鬧不是！

梁老板　看熱鬧就到該看熱鬧的地方去！戲迷要看的是門道，京戲不論怎麼改，離不開忠孝節義，離不開一桌兩椅⓰！

二　媽　你別說我說話直噢——京戲要死就死在這一桌兩椅！

（趙掌櫃引劉隊長、隊員甲，上）

劉隊長　——你們戲班子是誰當家？

趙掌櫃　茶園歸我管事，梁家班當家的不在，人去了天津，聽說有堂會，他先去談談公事。

劉隊長　你（指梁老板）跟我去隊裡一趟！今晚開戲前送你回來！

二　媽　怎麼啦？我當家的犯了什麼錯!?

劉隊長　這位是——？（隊員甲拔槍）幹什麼？國民黨絕不濫殺無辜！

二　媽　誰允許你們這麼無法無天，你們有搜索票嗎?!

偉　明　誰允許你們這麼無法無天，你們有搜索票嗎?!

音　麗　這是我的台詞！

偉　明　那我說什麼?!——梁老板，我的底你摸了好一陣子——。

修　國　阿偉！他摸你的底幹什麼?!是你摸他的底！你是國民黨特務！——是你摸他！

偉　明　對，對對！導演！不要把我換掉，我一定會想起來的！——誰幫我提一下台詞？

宗　繼　梁老板！你的底我們摸了好一陣子，雖然這事跟你沒有直接關係，上面交代了間接關係你脫離不了。

偉　明　導演，可以繼續嗎？後面台詞我通通想起來了！

杜　天　該誰說話？

偉　明　該你啦！

（修國示意繼續）

梁老板　我梁喜奎，一不偷、二不做奸、三不犯科！你不能把話說白了嘛！

劉隊長　你大老婆叫彭娟？

梁老板　是。

劉隊長　長公子叫梁連玉！

梁老板　他們母子倆打去年戲班子封箱⑰以後就不告而別——

劉隊長　你怎麼會不知道他們倆的行蹤？帶走！

二　媽　不能說帶走就帶走！晚上咱們這兒還等著他開鑼⑱哪！

趙掌櫃　是哪！劉隊長，等戲散了再來嘛！

劉隊長　等共產黨鬧大了，還唱什麼戲?!我說句閒話——你們這梁家班在魯青茶園裡要是有個好角唱幾齣像樣的骨子老戲⑲，天天滿堂彩！我倒願意聽完戲再辦公事！嗟！坐這兒聽戲倒不如我回家打孩子！把孩子腿打斷了，我都不願意聽你們唱戲！帶走！

（琴師、包頭、次女，上）

偉　士　不能帶走！導演！我們有三個人，華華、小單跟我漏了一段戲沒演！

偉　明　你們怎麼會忘記呢!?

修國／偉士　（同時）你上早了！

修　國　現在怎麼辦!?——現在從楊音麗說完京戲要死就死在這一桌兩椅！

（平小，上）

平　小　柱子！商量一下，你在台上不要眞打嘛，你假打就行——

杜　天　不眞打怎麼會像?!

平　小　你打得太用力了，那道具「啪」！輕輕打就很像很大聲了啊！

杜　天　我知道很像，可是情緒一到，怎麼作假！

平　小　打下去眞的很痛！

音　麗　李平小！

平　小　跟你無關，你不要講話！

音　麗　怎麼會痛呢？你屁股不是有墊東西嗎？

杜　天　你屁股墊東西，你演什麼戲啊？

修　國　（對偉明、年嘉）現在是民國三十五年，你們倆演什麼西部片！

（偉明、年嘉二人對戰，下）

平　小　你打那麼用力不墊怎麼行？要不換我打你，我看你墊不墊！

杜　天　問題現在是我打你！

音　麗　你演戲連這都不能犧牲——

平　小　你住嘴！

杜　天　你憑什麼這樣跟他說話？是你把人家甩了！

平　小　好！我們講戲！回正題！

音　麗　你看我痛苦，你很高興是不是？

平小　好！好！眞的講戲好不好？

杜天　好啊！就事論事！

平小　導演！你說句公道話！台上演戲是假戲眞幹嗎？杜子是眞的打得很用力！

杜天　什麼叫做「眞的」很用力？情緒到了嘛！（對修）他說我打得太用力了！當然要打眞的嘛！

平小　好嘛！現在聽誰——

修國　聽杜子的！

平小　爲什麼？導演！你說個理由？你說服我、說服我啊！

修國　我幹嘛要說服你，當然聽杜子的，他是我同班同學，我特地請他來風屏幫忙，人家戲演得那麼好——你屁股不要塞東西嘛！

（修國、平小，下）

音麗　杜子！用力打！

杜子　當然！

（修國，上）

修國　杜子！我們研究研究，把師父打徒弟那段搞清楚！

（修國、杜子、音麗，下）

宗繼　好！不要被他們影響！小單！你就用力喝一大口！這方法演技，連修國都不會！

杜子不對，修國護短，什麼同班同學，好！我們不要有這種關係喔！——小明，音樂。

（宗繼一旁指導小單）

琴師　丫頭！說眞格的，北京鳴春社⑳找我去搭社，你跟著我走吧！

次女　我怎麼能丟下梁家班呢？

（宗繼，下）

琴師　梁家班算完哩！裡邊一團糟，你心裡有數兒！我對你又是——

次女　我知道！你跟著我走，我跟著我爹走！這條路錯不了！錯不了！

（包頭，上）

包頭　二小姐！我再看看！（檢查梳妝）

琴師　丫頭！你聽說了吧!?最近外面有點混亂，國民黨剿匪，到處亂抓人。

包頭　哎！小老百姓嘛！能過兩天太平日子就算兩天！葉師傅！倩玉丫頭這兩天受了點風寒，嗓子不亮，您耳朵尖一點，拉弦的時候，別拿那千斤碼子㉑直往下撳，您這麼一撳，二小姐調門愈提愈高，那哪受得了？少喝點酒！

琴師　你管你的事兒！我喝酒犯不著你。

次女　葉師傅！聽包頭劉師傅說您當年給小梅老闆操過琴？

琴師　抗戰前，我在北京吉祥戲院搭班，小梅老闆的大軸鳳還巢㉒，上台前是我幫他撐嗓子的,台上可不是我操琴,那年我十七歲,還在學。

包頭　成了!看看這成了小美人了!葉師傅耳朵尖點啊!(次女與包頭齊唱)父女打漁度生涯,青山綠水難描畫,一葉扁舟到處家。葉師傅您要仔細了!

·白紗幕,降。

·燈光暗。

·下轉第二場。

·SE:平劇鬧場樂揚起。

第二場　梁家班之二

・景：茶園後台。

・人：三子（法海）、長女（青兒）、徒弟（許仙）、三娘（倚哥）、二媽、次子（蕭恩）、包頭、次娘（寶釧）、琴師、檢場㉓、三媽、梁老板、趙夫人、趙掌櫃、李修國（李師傅）。

・SE：平劇鬧場樂。

・白紗幕，降。

・幻燈字幕：

「梁家班」、「第二場　情網」

・燈光漸亮。

・SE：文武場，器樂聲（背景）。

・場上，琴師與次娘對戲詞、包頭替次女換裝、次子箱前裝扮、三子與長女套招、徒弟一旁指導。眾人七嘴八舌、音量漸低。三娘抱著嬰兒，自外上。

・SE：嬰兒哭聲。

三媳　大海！你抱抱英英吧！他跟著我老哭個不停。

三子　他肚子餓了，你給他餵奶嘛！我得上台啦！

（三媳一角，餵奶）

徒弟　小師哥別讓大師姐太累，鷂子翻身、臥魚㉔少一點吧！

三子　開打就這麼回事，你敢偷工減料，當心又挨師父一頓排頭㉕。

（二媽，上）

（梳妝鏡框，降下）

二媽　九成座、九成座，大家卯著點啊！——好消息啊！打濟南來了個老戲迷，喜歡咱們梁家班，包了一份賞金，特別交代給倩玉丫頭，喜上加喜呀！

（茶園後台景，下）

（檢場提著個大茶壺，自外上）

檢場　開水滾燙，讓出條道兒來啊！

包頭　大川！桌面上瞧見那個小壺空了就添點啊！

二媽　大海！這兒亂得慌，你們去後院對招嘛！

長女　二大媽，一會兒就開鑼啦！

二媽　葉師傅！開鑼啦！

（琴師應聲，下。檢場至三媳旁添水）

徒弟　大川叔！你幹什麼？

二媽　嚷嚷什麼？小猴兒，什麼事？

徒弟　大川叔偷看小雲餵奶！

檢場　我幫小雲添水，沒偷看哪！

三媳　二大媽！你得替我拿主意，每回我給孩子餵奶，他逮著機會就往我這兒蹭！

檢場　天地良心，我沒那個邪念頭！

二媳　你敢說你沒那念頭?!要不你爲什麼長針眼？

檢場　我在馬路上看見狗拉屎可以吧?!……我長針眼跟你餵奶有什麼關係？

三媳　難道是我不對!?二大媽——我不要做人了！

（三媳將嬰兒交給次媳，下）

二媽　這會兒鬧什麼!?別理他，讓他哭一會兒。

（二媽，下）

三子　我去看看——

徒弟　小師哥！上戲哩！

（徒弟、長女、三子上台，下）

包頭　大川！上台檢場去！

檢場　不幹了！——太侮辱人了！

次　子　大川叔！沒人說你是那種人，別往心裡走！幹活兒、幹活兒！

（檢場上台，下）

次　媳　連英！你看這孩子長得多像大海呀！跟他爹一個模樣！

次　子　我就等你幫我生一個。

次　媳　我還在吃中藥調身體。

次　子　調到什麼時候？老是不讓我碰你！

包　頭　你們小兩口這些話，應該在床上說。

次　子　劉師傅！別逗，眉毛又掉了。

包　頭　再來一回！沒事兒！

次　子　（唱）聽一言不由我七竅冒火。

（三媽，上）

次子／次媳　三媽！

三　媽　哎！我出來溜溜！還順利吧？

包　頭　沒事兒！倒是三媽您別太勞動，裡場、外場您都別操心，有二大媽就行了。

次　媳　三媽！這雙彩鞋是李師傅要送給小梅老板的。

三　媽　（拿彩鞋）小梅老板明天就來，可惜不上台。

次　子　三媽！您眞有本事，能請到四小名旦小梅老板來到我們這青島來！

三　媽　當初我們坐科㉖，我小他一輩兒。這回爲了倩玉丫頭，能請來這位名師指點，說動他來眞是不容易，這份情算我欠的！

（梁老板，上）

次子／次媳　爹！

三　媽　回來啦！他們怎麼說？沒刁難你吧？

梁老板　沒事！我是眞的沒有大媽他們的消息。他們一直重複問了三個問題：什麼時候有過接觸？什麼時候見過面？見面都說些什麼話？我哪兒知道啊！

三　媽　你沒聽人家說這年頭——二十歲的人不相信共產黨，這個人沒良心？

次　子　孩子我來抱！

（次子從次媳手中接過孩子）

梁老板　這算哪門子？共產黨跟咱們唱戲得扯得上什麼關係？

包　頭　三媽，我倒聽人家說——這年頭四十歲的人還相信共產黨，這個人沒大腦！

梁老板　這話難說！你們知道不？做戲鞋的李師傅說他老人家的大哥、二哥都參加了共產黨——

三　媽　喜奎、喜奎！孩子在踢我——

次　子　三媽！您回屋裡歇著吧！

梁老板　去歇著吧！劉師傅！場上盯著點兒！

包　頭　沒事兒！

（三媽、次子，下。包頭上台，下）

次　媳　眞沒事兒吧？

梁老板　沒事兒？你聽中國人說話眞是委屈呀！明明就是這個社會一團糟，每個人都還得爲生活奔波、勞心勞力。我這兒拉班走唱、攜家帶眷的擔心那個沒穿暖？那個餓著了？我焦慮、惶恐、茫然，我還是口是心非嘴裡老掛著沒事兒、沒事兒！

（次媳在梁老板背後擁抱著）

次　媳　咱們別再唱戲了，你把戲班子散了，帶著我走！

梁老板　荒唐！——我日子愈過愈荒唐！你是我兒媳婦！我說我們倆是怎麼開始的？

次　媳　咱們已經走到這兒了，你問怎麼開始的？

梁老板　——唉！就此打住吧！從這一刻開始，恢復原來的關係、身份就當啥也沒發生過！

次　媳　你不能不承認，我已經陷得那麼深了！任誰揭穿我都不怕！你可別告訴我，你對我用的情都是虛假的——

梁老板　——你那模樣教人看了心疼！

（二媽，上。撞見）

二　媽　哎——我說你們唱的是哪一齣戲呀?!

梁老板　沒事！

二　媽　我說老爺子，您最近眞是清心寡慾啊!?三媽就快生了，您不碰他還說得過去！我是您二房，您也不碰。這會兒讓我撞見了，您看這話兒我得怎麼傳？怎麼說哪？

梁老板　你都撞見什麼了?!二大媽，別瞎說！

（梁老板，下）

次　媳　二大媽，您別誤會！我跟連英又鬧彆扭！

二　媽　是嗎？

次　媳　爹要我多忍著點！

二　媽　是這麼回事嗎？你可別想矇我！沒錯，咱梁家班是你爹當家作主，可你是我們梁家班明媒正娶的媳婦，你可別失了身份，壞了梁家班的規矩，讓你爹沒法子抬起頭來做人！

（趙夫人、趙掌櫃，上）

趙夫人　喲！我在前場找您半天兒了，二大媽！您在這兒哪！

二　媽　趙夫人——

次　媳　謝謝二大媽。

（次媳，下）

二　媽　趙夫人！早先我們說好了是一個星期包銀㉗的，您給工錢的規矩不能每天改。

趙夫人　我這個人做事兒，沒個準的！跟國民黨現在剿匪的策略一樣——一天變一個樣兒！

趙掌櫃　照規矩來嘛！講好上戲前訂金一半，開戲第三天另一半付清——

趙夫人　茶園歸我管事，還是歸你管事？

趙掌櫃　歸你管事！

趙夫人　二大媽！梁家班跟咱魯青茶園合作這麼多年，都不算是外人了，我說兩句不中聽的話，您別往心裡頭擱——

趙掌櫃　哎！就當我夫人放了兩個屁！

趙夫人　我說放屁就放屁——我說話，你放什麼屁？二大媽！去年抗戰剛勝利，到現在全國百廢待舉，你們梨園行現在正是百家爭鳴、百花齊放的時代，有本事的——

趙掌櫃　不管怎麼說，三天兩頭我也在茶園裡忙上忙下——

（包頭，上）

趙夫人　你還敢說呢!?——你除了茶園就是妓院，你別當我心裡沒數！是有人傳話給我，說你最近迷上了個叫彩虹的姑娘，你打算安個偏房不是?!（對二媽）我扯遠了！家務事！（對掌櫃）你要是真敢安個偏房，你給老娘試試看！你有本事安，我就有本事死！彩虹什麼時候過門，我就什麼時候在你的茶園門口懸樑自盡，（上吊狀）我讓你魯青茶園整天鬧鬼，搞得你一輩子悽慘潦倒、不得好死！

包　頭　趙夫人，您嗓門小一點！前台都聽見了！

趙夫人　老娘我怕什麼!?

趙掌櫃　怕丟人哪！

（檢場帶兩椅，上。琴師，亦上）

趙夫人　外邊藏了個狐狸精，你背著我偷腥，你怕丟人、老娘不怕！

趙掌櫃　別鬧了，這下可好，後台的戲比前台好看！

檢　場　前台有觀眾在問，可不可以買票到後台來看戲？

二　媽　大川！盯戲去！

趙夫人　你們前台聽著！魯青茶園趙掌櫃是個大嫖客！

趙掌櫃　幹什麼！小嫚——

琴　師　台上正在演戲哪，後台鬧烘烘的！

檢　場　掌櫃的，趙夫人昏倒了！

趙掌櫃　別理他，他裝病、瞎胡鬧！

檢　場　掌櫃的，趙夫人死了！

趙掌櫃　（大笑）死得好！

趙夫人　——你這個臭嘴！我是一口氣岔了，什麼死了?!

趙掌櫃　他又活過來了！

偉　士　導演、導演，可不可以暫停一下——小單喝醉了！

宗繼　他在演戲嘛！

偉士　他眞的喝醉了。他酒瓶裡面裝的是金門高粱。

（修國，上）

修國　演戲都是假戲眞做，他爲什麼喝眞的酒？誰管道具？

偉明　導演，道具不是我管的噢！

修國　我問是誰管道具？

偉明　黃偉士啦！

修國　黃偉士是誰？

偉士　——我檢過道具，酒瓶裡我裝的是自來水。

秀美　他後面還有戲，現在怎麼排？

修國　他爲什麼要喝眞的酒？

宗繼　我不知道！

秀美　小毛要他喝眞的酒。

宗繼　修國，我是爲了戲好，每一次看小單喝醉都不像眞的喝醉，這也是一種方法演技，一定要有眞實的感覺，我不知道他酒量那麼差……

修國　小毛！你就是那粒老鼠死……

偉明　導演，屎——

秀美　現在怎麼辦?!

修國　等他醒啊！怎麼辦?!

宗繼　我有解酒藥！

修國　滾！

・燈光轉換。

・中華商場李家景，上。

・以下轉第三場。

・SE：現代樂轉場。

第三場　父親（1）

・景：中華商場李家。
・人：李修國（兼飾父親）、趙華詠、李平小（飾修國）。
・李家景片一側出現背照投影——畫面是平劇演出並穿插做戲靴的那雙手。鏡框外，舞台的幻燈幕將適時出現李父的語言字幕。
・華詠拉開木門，入。

華詠　導演！暫停排戲嗎？

修國　暫停！——我好懷念——中華商場。三個月前，我還帶我老婆去中華路小南門，一切都不存在了——

華詠　中華商場是什麼時候拆掉的？

修國　民國八十一年十月——我們家住第八棟。我還跟我老婆說：「你去想像我們家住二樓，現在我就在二樓長長的走廊——」因爲拆掉了——我要他想像我在半空中——跑來跑去、跑來跑去——我跟他說：「十年前、二十年前、三十年前，我就在那裡長大。可是，我完全不記得每一天生活的細節。」其實，我很確定人的記

華詠　憶永遠是模糊的。是不是就像我們演的戲？觀眾看完整齣戲回家之後，不可能清楚舞台上每一段情節、每一句台詞，甚至於分不清楚誰演誰！

修國　人生跟戲本來就存在著一個很微妙的模糊地帶。

華詠　眞眞假假、虛虛實實？

修國　我突然想回去！

華詠　已經拆掉了！

修國　回去找我父親。

華詠　風屛劇團爲什麼要演梁家班的故事？

修國　其實我並不確定我父親跟梁家班之間的關係是什麼？甚至於我也非常懷疑五十年前曾經有梁家班那個戲班子嗎?!

（李平小〔飾修國〕提著一雙戲鞋，拉開木門，入）

平小　爸！厚底靴刷好了。

修國　（飾父）刷了幾遍了？

平小　兩遍啦，都乾了。

修國　（飾父）再刷一遍！

（平小一旁刷厚底靴）

修國　那個時候我才念小學三年級，我父親曾經想送我去劇校學唱戲！

華詠　爲什麼沒去呢?!

修國　（飾父）修國！什麼時候你能穿上你爹做的戲鞋，上台唱戲，我坐台下看，不管你唱什麼，你爹我是一句一個好。

平小　爸！學戲很苦！八年坐科，比坐牢還苦！

（劇校老師率學生八人，上。眾人練功）

修國　（飾父）吃點苦怕什麼?從前在大陸，你爹給一個戲班子做戲鞋，沒有一個叫苦的！我老是想著，從前沒有共產黨鬧革命的話，那個戲班子絕對能出頭！京戲在你爹的心裡就好比一個人的文化修養，懂得愈多就愈受人尊敬！你書念得不好沒關係，你去學唱戲，將來沒有人敢瞧不起你！

平小　爸！你在劇校看過那些學生練功！下腰、壓腿、扳腿、撕腿、踢腿——一劈腿老師還踩在學生兩條大腿上，一踩就一個鐘頭，一練功那雙腿就不是自己的腿了。

修國　（飾父）坐科就是打小學起，你現在骨頭軟——

平小　你喜歡京戲你去坐科！

修國　（飾父）緊你娘的！你爹這把老骨頭還去坐什麼科!?你們三兄弟我指望著你還有點出息。你不愛念書，儘早去劇校。人無信不立！叫你去你就去，你不是說自己說過要去的嘛!?

（劇校老師率學生八人，下）

平小　我眞的不要去！

修國　（飾父）我說了算！下個學期你就去劇校！你別瞎（浪費）了我一瓶酒、兩條煙！

平小　明天我去劇校幫你把一瓶酒、兩條煙拿回來！

修國　（飾父）緊你娘的！禮都送人家了，還能要回來？你當你爹說話當放屁！你不去！我就打斷你的狗腿，去不去！

平小　有大哥、二哥在，你爲什麼不送他們去唱戲？

修國　（飾父）你大哥、二哥要流氓！流氓學唱戲，那算什麼京戲？——你跪下——戒尺呢？

平小　昨天打斷了。

修國　（飾父）我還藏了一根！——我那根戒尺藏哪兒去了？戒尺呢？

華詠　如果那一年你去了劇校學唱戲，你今天就不會站在這裡！

修國　當然，不過，我已經想不起來，當初去劇校是我父親要我去？還是我跟我父親說我要去劇校，他同意，但是我後悔了，我決定不去學唱戲——

·燈光漸暗。

·幻燈字幕：

「民國五十三年冬天　中華商場　修國家」

第四場　風屏劇團（一）

・景：空舞台、雪山。

・人：林秀美、鍾凌欣、石宜幸、高偉明、陳宗繼、朱豪陸、李修國、劉又珊（均穿風屏便服）。

・樣板戲[28]：小楊（朱豪陸飾）、參謀長（黃偉士飾）、解放軍十一名（陳宗繼、楊麗音、林秀美、高偉明、石宜幸、李平小、劉又珊、單矩承、鍾凌欣、林莉嘉、王年嘉等飾）。

・燈漸亮——空舞台。

・林秀美、鍾凌欣、石宜幸，一角，上。

宜幸　凌欣！爲什麼不在後台講!?

秀美　後台人太多，不方便講。凌欣，你講。

凌欣　你可不可以幫我轉告導演一聲，把我的戲全部刪掉!?

秀美　——你剛才不是這樣說的。宜幸！他不是不演，他對梁家班的第二場戲有一點意見，講啊——

宜幸　凌欣，戲演不好不要怕，我可以體諒你的壓力——

凌欣　不是壓力——

秀美　他是說第二場戲——他抱一個嬰兒上台，然後他坐在椅子上餵奶的戲最好刪掉！

他覺得——你講——

凌欣　我胸部太大——

秀美　不是大小的問題嘛！她是怕——

凌欣　我媽媽跟我阿姨、大表姐他們都會來看戲——那他們看見我坐在台上，把那個掏

出來——

宜幸　不需要！你只要做假動作，用身體遮住——

凌欣　可是小毛一直教我用方法演技㉙，他說一定要眞的演出來——

宜幸　不要聽他亂講——

凌欣　我也是這樣想——小毛還說幸虧我不是演妓女，如果眞的要我演妓女，他說我要

先去當妓女再來演妓——我差點被小毛騙失身——

秀美　我覺得你誤會小毛的意思——

宜幸　他不是導演你聽他的幹什麼？

（凌欣與宜幸，下）

（一角，宗繼與豪陸，上）

宗繼　秀美，來！豪陸哥！你幫我們看看——

豪陸　你可以翻兩下嗎？

宗繼　不用翻！你只要指導一點身段——我爲了風屏劇團梁家班演出成功之後，在慶功宴上，我跟秀美要演一段《打漁殺家》全新版——

秀美　對！他演蕭恩，我演蕭桂英——

（高偉明，一角，上）

偉明　姊夫！慶功宴《打漁殺家》我演什麼!?

宗繼　你演——河裡的小烏龜！

秀美　小毛！你有沒有講，我們演的《打漁殺家》是歌仔戲版？

豪陸　歌仔戲啊!?——台語我會聽不會講！

宗繼　你指導我們身段就好了——小明，音樂 stand by！

（SE：歌仔戲文武場樂揚起）

（宗繼與秀美走身段）

宗繼　（台語）阿英！今天天氣也無風、也無雨，你隨阿爹阮來去划船抓魚吧！

秀美　（台語）是，阿爹！稍等我穿好衫褲隨來——

（二人走圓場）

秀美　（唱狀元樓）桂英催舟順流過，捉魚佈網水上人家。家境落魄無怨切，父女相依相提攜。

宗繼　怎麼樣？我編得不錯吧?!

豪陸　你這個是歌仔戲版的《打漁殺家》？

宗繼　比平劇好看吧？

豪陸　父女打漁，怎麼你們不划船？

秀美　還沒有走到船上，父女在路上走的過程先交代，沒錯啊！

豪陸　可是不像父女，小毛你演的身段像員外，秀美演的像丫環——這不叫《打漁殺家》！

偉明　我也覺得他們演的像父女打獵殺豬——

秀美　不過我覺得小毛很有創意，歌仔戲一向都比平劇自由、活潑！哪像現在平劇根本沒有人看——

宗繼　眞的噢！華明園孫鳳翠要請我去導演一齣歌仔戲，我正在考慮要不要去幫他們的忙——

偉明　姊夫！不要把我忘記——

宗繼　阿偉！你不要老是跟著我，你回南部去！

秀美　我是覺得風屏不應該演梁家班，應該演個歌仔戲班的故事——

（修國，上。偉明，下）

宗繼　修國，我已經設計一段戲，慶功宴我跟秀美演——

修國　戲還沒有首演，就想到慶功宴！我明白你對風屏很忠心、很愛護，你很關心風屏未來的發展，但是——

宗繼　我打個岔——杜子的戲很爛，他根本不懂方法演技——

修國　你永遠不要再談你的那種方法演技！秀美，小單怎麼樣了？

秀美　情況好一點，現在吐的比較少——

宗繼　修國，我有一個方法讓小單快速清醒——

修國　我也有一個方法讓你快速躺下！

（宗繼，下）

修國　等小單醒了，隨時準備開始！

（偉明、秀美應聲，下）

豪陸　搞個劇團眞不容易！

修國　搞劇團最難擺平的就是人事問題——

（又珊，上）

又珊　修國，有些話我不知道該不該說？我是怕影響你的情緒。我也不希望你對我產生誤解——我沒有——我不想傷害你。我——

修國　又珊，我聽得懂，你慢慢講——

又珊　我直話直說你不要介意——算了，算了！算我沒說——你把我剛才說的話通通擦掉，你把我擦掉，立刻把我擦掉，當我沒有在這裡出現，我消失了！

（又珊，下）

豪陸　她到底要說什麼!?

修國　她常常這樣子，經常不會表達自己。豪陸，對不起——把你從國劇團請來跨刀幫忙風屛——希望我的戲好，也希望對你的京戲有一點幫助，可是——

豪陸　我也希望不要把你的戲演砸了！修國，不要有太大的壓力，我們都在努力，不是嗎？

修國　——停止前進！報告參謀長！來到三岔路口！

豪陸　什麼？

修國　你借給我的樣板戲《智取威虎山》㉚，第一句台詞——

豪陸　那是大陸文革時期，江青搞的樣板戲，他們叫「現代革命京劇」。大部分的人都不恨江青——

修國　我覺得他們搞得很有意思。

豪陸　文革的時候，全中國只有八大樣板戲可以看，每齣戲的唱詞老百姓幾乎是琅琅上口，京戲要流傳，先要大家都會唱，就像流行歌曲那樣。

修國　樣板戲形式還不錯，內容缺少了人性和感情。

豪　陸　樣板戲還有一個優點，節奏快、絕無冷場！可惜就是內容歌頌共產黨！太政治了！

修　國　任何藝術，尤其是戲劇，一扯上政治這頂大帽子，它的壽命就不長。

豪　陸　我在國劇團現在就碰到同樣的問題，未來怎麼辦！

修　國　誰知道？也許未來有一天，台灣人都被迫看樣板戲！

・燈光暗。

・白紗幕，降。

・SE：「智取威虎山」（樣板戲）開場音樂揚。

・幻燈字幕：

「文革時期　中共樣板戲

智取威虎山」

・燈亮。

・參謀長率解放軍自外，舞蹈（樣板），上。

・稍頃。

軍　甲　停止前進！報告參謀長，來到三岔路口！

參謀長　大家累了吧!?（眾人：不累！）好，同志們！（眾人列隊）楊子榮同志到前佔偵察！這裡就是會合地點！團常委遵照毛主席建立鞏固的東北根據地的指示，組成追剿隊在魯三江一帶發動群眾、消滅土匪、鞏固後方、配合野戰車，粉碎美國、蔣介石進攻。這是有偉大戰略意義的任務！我們一定要發揚連續作戰的精神，下定決心，不怕犧牲、排除萬難……

眾　軍　爭取勝利！

軍　甲　報告！楊子榮他偵察回來了！

（SE：平劇器樂場）

（楊子榮一角，上）

二　人　報告！

參謀長　子榮同志，你辛苦了。

楊子榮　報告參謀長！我奉命化妝偵察，在偏僻的山凹裡，救了個打獵人，經過他父親的指點，我到了黑龍溝蒐集到一些情況，查出了座山雕的行蹤！

參謀長　喔！

楊子榮　（唱）這一帶常有匪出沒往返，番號是保安五旅第三團，昨夜晚黑龍溝又遭險難。座山雕心狠手辣罪惡滔天，行兇後紛紛向夾皮溝流竄，據判斷這慣匪逃回威虎山。

參謀長　同志們！我們已經偵察到座山雕的下落！現在要緊緊跟蹤駱三江！（兵乙：到）

你帶隊到黑龍溝紮營！（兵乙：是）子榮同志！我們還要進一步掌握敵情，你帶申德華！（申：到）龔至成！（兵丙：到）梅國彥！（兵丁：到）繼續向前方偵察！出發！

・部隊移動、停格。

・燈光暗。

・SE：現代音樂進。

第五場 父親（2）

·景：茶園後台／中華商場修國家。

·人：次女、李師傅、孫婆婆（音麗飾，六十三歲）、李修國（平小飾）、大姐（鍾）、大哥（單）、友甲、友乙（毛、年）、二哥（偉）。

·茶園後台懸吊景漸降，化妝鏡前陳設一桌兩椅。

·李師傅已在場上。稍頃，次女一角，上。

次　女　李師傅！這些戲鞋錢您都收下吧。

李師傅　我不是來要錢的。

次　女　我爹說不能老是欠您鞋錢。

李師傅　我不要緊！梁老板養活一大家子不容易，二大媽說你們開銷緊，她不是說戲班子裡沒現金了嗎？

次　女　我爹講信用，這次欠您的不能拖到下次還——

李師傅　梁老板真是見外——

次　女　不瞞您說這些錢是我爹叫劉師傅去當鋪當了幾件戲服、行頭㉛——

李師傅　哎喲！那不行！有錢再還！有錢再還！

次　女　您也是靠手藝掙錢，也得養家活口不是？

（燈光轉換，中華商場懸吊景降下，背後投影出現平劇及製鞋的畫面）

李修國　是啊！養家活口，我父親做了一輩子的鞋子。

趙華詠　也是夠辛苦的了，他爲什麼不改行？

李修國　我跟他提過一次，他狠狠地揍了我一頓，他說（飾父）：「人一輩子能做好一件事情就功德圓滿了，我打（從）十六歲學徒做鞋到今天，就靠著這一雙手啊！你們哪一個少吃一頓飯？少穿一件衣裳？」

趙華詠　也對！哎，你們家幾個小孩？

李修國　五個。三男兩女，我排行老四——

（李平小提著塑膠袋，自外入）

平　小　爸爸，繡花布拿回來了。（走路一拐一拐）

趙華詠　他怎麼那樣走路？

李修國　誰？

趙華詠　你。

李修國　被我父親打的啊！你不知道山東人打小孩很狠，有時候把他惹毛了，他從腰上把皮帶抽出來，就霹霹那打的力量就好像在打一隻野狗。

（孫婆婆，自外上）

孫婆婆　我說李老板，你們中華商場的廁所眞遠，我只是去撒泡尿，來回走了我一身汗。

李修國　（飾父）坐坐，再喝點酒吧？

孫婆婆　好。（拿酒喝）修國長這麼大了！

李修國　（飾父）看人不會叫？

平　小　孫婆婆！

孫婆婆　幾歲了？

李修國　（飾父）問你幾歲了！

平　小　十八。

孫婆婆　有沒有去學唱戲？

李修國　（飾父）問你有沒有去學唱戲！你怎麼了？見人不會說話（整褲腰帶）。

平　小　沒有去學唱戲，我現在念世界新專，小時候爸爸常帶我去看戲。現在功課忙，沒時間看平劇——

孫婆婆　不要騙我了，年輕人都不看平劇了！

李修國　（飾父）有一年我叫他去復興劇校學唱戲，他不去，打（從）那年起，大陸就開始了文化大革命。

平　小　爸！你說這個話，好像文化大革命是我造成的！

李修國　（飾父）你是什麼玩意兒？（整褲腰帶）

（平小下跪）

孫婆婆　你跪下來幹什麼？

平　小　你不要管，家務事，家務事。

李修國　（飾父）起來，起來！有客人在，這筆帳以後再算。

孫婆婆　李老板！那雙彩鞋我又忘了給你帶來。

李修國　（飾父）你留著吧！我拿回來幹什麼？

孫婆婆　你做的鞋，三十年了，沒走樣！我拿回來放你店裡讓別人看你功夫好、手藝好。

李修國　（飾父）不要緊，你留著吧、留著吧！

孫婆婆　彩鞋嘛，物歸原主，就怕我哪天來不了了。

李修國　（飾父）不要說哩，你留著吧！

孫婆婆　我酒喝夠了，得回家，修國！你爸爸這門手藝靠你給他傳下去，不唱戲，學做鞋嘛！

李修國　（飾父）我三個兒子，就屬他最沒出息了。

（大姐，自外上）

大　姐　爸！大哥跟他幾個拜把兄弟又喝醉了。

李修國　他是我大姐，他跟我大哥都是在大陸生的。

（友甲、乙扶著喝醉了的大哥，入。大哥語無倫次囈語）

孫婆婆　這是老大啊？

李修國　（飾父）不要管他，不要管他！修國，下去叫計程車，（掏錢）車錢你先拿著。

（友甲、乙將大哥扶下）

孫婆婆　不坐計程車，我坐十二路公車，你不要拿錢，叫修國送我去坐公車就行了。

（二哥，入）

李修國　他是我二哥！我父親最氣的就是他，他當時在大廟口混飛鷹幫！

趙華詠　你二哥現在還在混嗎？

李修國　沒有！他現在在幼稚園開娃娃車。（飾父）小嫚，拿剪刀來。

大　姐　（遞剪刀）爸！你要剪刀做什麼？我幫你剪。

李修國　（飾父）你回來幹什麼?!打死你這個王八蛋的！耍流氓！你不要回來！

（二哥，急奔，下。父將剪刀射出）

孫婆婆　別生氣，李老板！

李修國　（飾父）我不會生氣！修國，送二大媽走吧！

孫婆婆　李老板！我沒有喝醉，你養家活口不容易啊！我說句話別介意——你這是什麼家庭？——我眞的喝醉了！

李修國　（飾父）喝醉了！你喝醉了！

・幻燈字幕：

「民國六十三年　春天　中華商場　修國家」

・SE：汽車、街道聲。

・平小扶孫婆婆，出木門，走圓場[32]。

趙華詠　那位老太太是誰？

李修國　很多年以後，我父親才告訴我說，他就是梁家班裡的二大媽！

趙華詠　眞的？我一直以爲梁家班只是一個戲班子的故事。

李修國　是。也許只是一個故事——

・中華商場景漸升。

・一角，平小與孫婆婆在樹蔭底下，孫蹲下。

平　小　孫婆婆！你怎麼啦？不舒服？

孫婆婆　車站在前面嗎？

平　小　還要過一個紅綠燈，我扶您過去。

孫婆婆　好。我撒泡尿。

李修國　我父親說民國三十八年以後，大陸局勢動亂梁家班全散了，整個戲班子只有二大媽一個人來到台灣。

平　小　孫婆婆！我在前面等你噢！

孫婆婆　好。別催我，讓我慢慢尿嘛！

・茶園後台景漸降。

・燈光漸暗。

・SE：（單一）胡琴聲揚起。

第六場　梁家班之三

・景：茶園後台／茶園戲台。

・人：（後台）次女、李師傅、長女、徒弟、琴師、包頭。（後台）次子、梁老板、次媳、三媳、三子、檢場、二媽、三媽，眾人均穿梁家班之便服。

・白紗幕降。幻燈字幕：

「梁家班」、「第三場　伶人」

・燈光漸亮。白紗幕漸升——場景是茶園後台。

・琴師打著拍子，次女正在練唱。

次　女　（清唱原板）老爹爹清晨起前去出首，倒叫我桂英兒掛在心頭。我只得關柴扉草堂等候，等候了爹爹回細問根由。

（長女、徒弟，上）

長　女　（甩圍巾）拿去！我不用你的東西。

徒　弟　怎麼啦你？小師妹一番好意，怕你著涼不是！

次　女　大姐！你還得護嗓子哪！

長女　丫頭！我的嗓子算什麼？往下還有幾場堂會全靠你撐場子。
次女　我是爲你好。
長女　我也是爲你好。小梅老板今天晚上來就爲了看你。小猴兒，你看我長得像哪根蔥啊？
徒弟　大師姐，您不像蔥，您長得像水仙。
琴師　大妞！你成心胡鬧是吧？
長女　葉師傅！這條圍巾是您送給丫頭的吧？
琴師　是啊！你記仇是怎麼著？我喜歡丫頭，愛送他什麼就送什麼！你老記著我不送你東西！

（SE：背景——前台排《打漁殺家》鑼鼓點）

次女　葉師傅！別拌嘴了！大姐，如果是爲了小梅老板這檔事，那是三媽給安排的，我可以成全你，我跟爹說一聲，你上打漁殺家蕭桂英，我不上！
徒弟　好啊！大師姐您的心願達成了。
長女　小猴兒！你閉嘴！
琴師　我把話說在前頭，大妞你上的話，我不拉弦兒！你一個人清唱！
長女　好哇！葉師傅，這會兒我可弄明白你對我妹妹安的是一份什麼心了！
次女　大姐！您對我有什麼成見衝著我來！別拐著彎拖葉師傅下水！我從來就不敢得罪

長女　你！爹誇我兩句好，我得裝著沒聽見，怕你吃味！二媽給我點好吃的、好喝的，哪回不是我左手接著，右手捧給你？戲班子裡沒別人了，你成天只盯著我。怕我沒睡好，怕我吃不飽，含著這份姊妹恩情你說我這輩子怎麼還得了？

琴師　大妞，你別再說話了啊！你再說！我就——

長女　咱姊妹倆的事你甭管！小猴兒！你都幫我記著從前哪年哪月哪天，你小師妹捧了碗冰糖蓮藕給我喝！到了什麼村什麼地兒，哪一場堂會裡；你小師妹遞了個萊陽梨㉝給我吃——

徒弟　是——我去拿紙筆給記下來！

長女　小猴兒！你怎麼不長腦子？

次女　大姐！都是一家人走南闖北只幹一件活兒！離了舞台就是大夥過日子。你成天只琢磨我一個手勢、一個眼神有什麼計謀？要什麼狡詐？費那麼大的功夫瞎猜什麼？

長女　我吃的苦不比你少。

次女　咱爲了啥？咱爲了對得起咱爹苦心經營的戲班子！這不就是咱的一輩子嗎？

長女　說穿了吧，我就是見不得你比我好！

琴師　大妞！

（長女低泣。一角，包頭，上）

包頭　前頭排打漁殺家了啊！——嘿！梁老板也不知吃了什麼藥了，他要改良京戲啊！

（SE：國劇文武場）

·燈光轉換——場景轉換——由後台轉成戲台。以上的人更換地位。次子，上。

檢場搬桌椅。梁老板，上。

桂英　要怎樣才算受屈呢？

蕭恩　那贓官叫爲父連夜過府與那賊賠禮，這才算受屈啊！

桂英　爹爹去也不去？

蕭恩　哎呀！講什麼去是不去!?兒啊！爲父恨不得肋生雙翅，飛過河去，我就殺——

桂英　（禁聲與蕭出門分望左右再進入）爹爹殺什麼呀!?

蕭恩　殺了賊的滿門，方消我心頭之恨。

桂英　（叫頭）爹爹啊！白晝殺人人不容，夜晚殺人天不容！爹爹，你就忍耐了吧！

梁老板　大川！那一桌兩椅別再搬上搬下了，全部改成硬式佈景。

檢場　梁老板！不搬這些桌椅，我就沒飯吃了。

梁老板　要是不改良，戲班子都沒飯吃了！你照樣檢場，改成換佈景——你去想像——蕭恩家的景片翻過來就是丁員外家——

次　女　爹！還不到丁員外家，我們父女倆還要夜晚行船！

梁老板　對！蕭恩找了一幫漁民，帶著兵器，夜晚行船往丁員外府殺過去！漁民！上。走船！

・SE：水上行船之鈸鑼聲。

・蕭恩、桂英提刀、燈具，三媳、次媳，一角帶刀、船槳，夜間走船，上。

梁老板　這時候是，夜色迷濛水流急湍壓——漁民！船往下遊走、動作一致！

・燈光轉換夜景。

・三媽、二媽，上。

三　媽　喜奎！這麼改戲不是辦法！

二　媽　三媽！改了好，不弄點噱頭，觀眾老不上座。

三　媽　這一向不是咱梁家班的作風！誰給出的主意？

二　媽　我跟老爺子一起研究的。

梁老板　大教頭上來開門，蕭恩說「我父女過府賠罪來了」，小猴兒，上大教頭。

教　頭　諒你也不敢不來賠罪。

梁老板　——有請員外爺——我上！（走白）何事？

教　頭　蕭恩過府賠罪！

梁老板　不用說戲詞！

教　頭　家丁們，走上！

（李師傅，一角，上）

梁老板　不用說戲詞！這會兒父女跟漁民、丁員外和武行，雙方一言不合大打出手——這會兒切記！兩幫人打進河裡！小猴兒！瞧你心不在焉，一邊跪著！打漁殺家說的故事是——

包　頭　官商勾結官逼民反——

梁老板　是——喔，不是！——原故事只說父女倆殺人後直逼梁山，結尾草率了點，我改良就改這兒——兩幫人馬在水裡打上一場，熱鬧、好看！能這麼演，梁家班路子就邁開了。李師傅！鞋錢一會兒給您，您等會兒——大川！（示意大川去倒杯水）

（檢場，下）

李師傅　錢收到了，不過——

梁老板　連英，你研究、研究在水裡打是個什麼身段？

三　媽　不成！不成！梁家班往後也別唱戲了！

梁老板　大夥去後院練功！

（眾人，下）

二　媽　三媽！現在都民國幾年了？

梁老板　小猴兒！我沒叫你走！

二　媽　不能老守著舊東西、大包袱！

梁老板　你們倆別爭了！改不改良，我當家拿主意！

（檢場，上。遞毛巾、小茶壺）

三　媽　這不是你的個性！京派一向瞧不起海派[34]——

二　媽　唉——，京戲到今天就敗在舊的出不去、新的進不來！

三　媽　京戲本來就是場隨人移，景隨口出——

二　媽　搬點西方文明的舞台技術放進京戲舞台上，只有好，不會壞。

三　媽　二大媽！你到底懂什麼？別這麼瞎整京戲。

二　媽　哎！奇怪了，咱們倆伺候老爺子，從來就是井水不犯河水，我出點主意也都是爲了戲班子的營生，你生你的孩子去，你挑什麼刺兒？

梁老板　這屋子裡還有人，你們倆要鬧，回屋裡關著門鬥！

三　媽　孫翠英，你憑什麼本事改京戲，也不掂掂自己是什麼來路？

梁老板　元梅！不提這個！孩子快生了，別動氣！

二　媽　好哩！一壺水燒開了，看是誰掀開了鍋蓋？你問我的來路，姑奶奶我來路不明，你猜我打哪兒來？

三　媽　不要再兜圈子了，你不過就是個妓女嘛！

梁老板　元梅！別說了！

三　媽　京戲不管怎麼改都輪不到一個妓女出意見！

二　媽　是啊！姑奶奶我當初包場子捧角兒㉟大把大把鈔票砸進梁家班，順理成章進了梁家門兒，跟大夥同甘共苦！你才進門不到一年就想篡位。是啊！婊子無情，戲子無義！你算個什麼角兒啊？

梁老板　哎！你們這一爭把我們全罵了！——李師傅不算，您是局外人。小猴兒！你去祖師爺面前——

小猴兒　跪著——

梁老板　跪到天亮！好了！你們倆各讓一步——

（包頭，上）

包　頭　梁老板，借一步說話！

梁老板　說吧！什麼事!?

包　頭　（梁老板上前）小梅老板今天晚上肯定不能來了。

梁老板　什麼事？

三　媽　怎麼不能來了？

包　頭　剛才電台廣播說，一架打上海飛青島的飛機撞上嶗山——小梅老板趕巧搭上這班飛機了！

・三媽暈眩，二媽去扶。

・燈光暗。

・幻燈字幕：

「中場休息十五分鐘」

・大幕落。

・SE：現代音樂拔高。

第七場　梁家班之四

．景：茶園後台。

．人：梁老板、趙掌櫃、趙夫人、檢場、包頭、長女、徒弟、次媳、次子、次女、二媽、三媽、三子、三媳、李師傅。

．SE：文武場（結束）之高潮樂。

．大幕啓。

．白紗幕，幻燈字幕：

「梁家班」、「第四場　慶壽」

．散戲後，次子、次媳、三子、次女、三媽忙著打包、裝箱。

．檢場與二媽佈置壽桌，趙掌櫃帶記事簿，上。

趙掌櫃　梁老板?!這檔梁家班的票房是有一點——差強人意過得去，跟您商量下一檔，年底封箱之前，您看能貼出幾台戲？

三　媽　掌櫃的，我跟您研究、研究！

趙掌櫃　哎！是哩！三媽，我建議武打戲多一點——

三　媽　武戲——你看《楊門女將》怎麼樣？
趙掌櫃　好！有文有武。吉祥戲——
三　媽　吉祥戲——《龍鳳呈祥》，如何？
趙掌櫃　眞夠吉祥！有龍有鳳！那折子戲——
三　媽　我想想這麼著：開鑼，ㄚ頭的《廉錦風》；中軸，連英的《定軍山》；大軸，老爺子帶著咱們大夥反串全本《法門寺》，這天戲碼該夠硬的吧？
趙掌櫃　眞夠好了！有這些折子戲，那天包準我魯青茶園滿堂彩！

（趙夫人，上）

趙掌櫃　各位，財神爺來了！
趙夫人　我命苦噢！我是過路財神給你們梁家班發工錢來囉——
趙掌櫃　梁老板今天五十大壽！
趙夫人　我知道，我擱在心裡頭，這會兒先不說——
趙掌櫃　梁老板，我內人祝您福如東海、壽比南山！
趙夫人　老詞兒！餿梗㊱！換點新名堂吧！梁老板，我代表魯青茶園祝您福如——福如——福如——
趙掌櫃　葫蘆是兩個小圓球，上面有個小嘴！
趙夫人　去！我現在不說！想好了再說！—大媽，票房您對過帳了，扣除前場人事管銷、

二　媽　後台水電油燈，三下五除二，就這麼多。您點點數兒，離開我眼前短你一毛錢，我可不認帳！

趙夫人　這錢眞不容易賺哪！你說吧！這算哪一檔事兒?!你們說今天傍晚小梅老板會來看戲，戲都散了，連個屁影子也沒瞧見。開演前夕門口看版早寫了幾個斗大的字「歡迎四小名旦小梅蘭芳李世芳㊲老板蒞臨指導」。我差點沒讓那幾個戲迷好生揍一頓，缺德呀！還有一位濟南來的老戲迷在我臉上吐口水，我這小臉蛋都洗了八回，他那口水的臭味還沒退！

二　媽　這事別說了！

趙夫人　總有人給我個交代呀！小梅老板爲啥沒來？後台總得有人來通知我一聲嘛！

檢　場　青島電台廣播說了——小梅老板搭的那班飛機撞上嶗山，墜機了。

趙夫人　哎喲！他多大年紀？

檢　場　二十六歲，聽說沒有一個活著。

趙夫人　一個人一個命啊！

二　媽　大川！這事別提了！

（二媽，下）

趙夫人　幸虧你們梁家班沒有一個紅人——

趙掌櫃　好了！好了！說這幹什麼？走了！

趙夫人　幸虧你們梁家班沒有一個紅人，要不也得坐著飛機京、津、滬三大碼頭趕場登台唱戲，說不準哪天就栽一傢伙！

趙掌櫃　說什麼墜機!?今天是梁老板五十大壽！——走了！

（趙掌櫃與趙夫人，下）

（三媳，自外，上。二媽，亦上）

二　媽　還往哪兒去呀!?

梁老板　出去透透氣！

二　媽　一會兒孩子們給您拜壽。

（次子、次媳，上）

次　子　有本事你就走啊！——走出這個大門，沒人攔著你！

三　媽　小倆口鬧什麼彆扭？

次　子　三媽！只是件小事兒——他把我一條褲頭洗丟了。剛才我跟他悄悄地說——今天我一整天沒穿褲頭，他劈頭就怨我這、怨我那個——

次　媳　他老嫌我做什麼事都有頭沒尾、做一件忘一件我能不怨嗎？硬說昨天半夜把我挖起來要我洗褲頭，昨兒我累得像頭狗癱在床上，我根本不記得下過床——

三　媽　這麼件小事，犯得著在大庭廣眾之下搬出來鬧嗎？

（包頭引徒弟、長女，上）

包　頭　梁老板！大妞跟小猴兒回來了！

二　媽　老爺子，別動氣！我來處理！——你們倆爲什麼要離開梁家班？

梁老板　連英！拿家法！

（次子，下）

（SE：嬰兒哭聲）

（次子拿家法，上。徒弟、長女，跪）

長　女　二大媽！小猴兒打算帶我到天津搭班，他是一番好意，班子裡少兩副碗筷，多少能減輕點負擔！

二　媽　小猴兒！你是師傅帶大的手把徒弟，虧你有這份孝心，班子裡也不缺兩副碗筷——還不說實話！

梁老板　

徒　弟　師傅，都是我的錯！

長　女　是我央求小猴兒帶我走的，女兒無知犯了班規，沒法子在班子裡躲躲藏藏過日子——爹！您就當沒我這個女兒吧！

二　媽　你們到底犯了什麼錯！

長　女　二大媽，我懷了小猴兒的孩子！

二　媽　別讓孩子哭行不行？

梁老板　無恥！像話嗎！白唱戲了！舞台上演的全是忠孝節義，看看這舞台下，你們演的是什麼戲！——小猴兒趴下！你憑什麼帶他走！你憑什麼養他？你翅膀硬了？當初是怎麼跟我約定的？你什麼身份什麼資格！

眾　人　爹——

二　媽　好了！夠了！說什麼身份什麼資格，虧你說得出口打得下手？連英——

（連英、ㄚ頭、次媳，扶起小猴兒）

二　媽　徒弟跟師姐談戀愛犯了哪條王法？

梁老板　小猴兒！你滾，離開梁家班！

二　媽　讓他們結成一家親不就了了嗎？

梁老板　當初我跟小猴兒約法三章——

二　媽　憲法都能修，家法不能改？大妞！你爹不認這門親，我認！

梁老板　他肚子裡的小孩我可不認！

二　媽　我認！懷了孩子就等著生，生下來你爹不認，我就是這孩子的娘！

（李師傅捧著大紙盒箱，上）

包　頭　喲！麻姑獻壽㊳——李師傅來送賀禮啦！

李師傅　不是！不是！

二　媽　李師傅一會兒留下來吃壽麵吧？

李師傅　好。二媽，這也不是什麼賀禮。你們什麼時候上路？

二　媽　明兒一早，往沙子口。

李師傅　戲班子要唱戲，沒有戲服、行頭總不行。

二　媽　這是什麼？

李師傅　我去當鋪把戲服贖回來了。

二　媽　你去當鋪把戲服贖回來了？

李師傅　梁家班去外地跑碼頭，賺的是辛苦錢，上台就要穿得漂漂亮亮的，以後有錢再還，再請我喝酒！

二　媽　老爺子您看李師傅眞是古道熱腸又重義氣——

梁老板　李師傅！這些年多虧您關照了。

李師傅　沒幫上什麼忙！慚愧！梁家班好就好！

梁老板　你們大夥兒都聽著！我想做個了斷——梁家班的人跟著我這麼多年，都辛苦了。就當我累了吧！梁家班到今天唱完《打漁殺家》——到此爲止！

二　媽　老爺子您沒頭沒腦的說些什麼東西？

梁老板　我必須立刻了結這檔事——怪我沒本事，我決定解散梁家班！

衆　人　爹！老爺子！梁老板！

梁老板　二大媽！正好把所有捆包、裝箱的家當清算、清算！能分的全分完，能送的找人

三　媽　送。可千萬別短了誰的！虧欠了誰！

包　頭　喜奎！您突然做了這個決定，這話從何說起？

梁老板　梁老板，打小我娘就把我賣給了梁家班，作科不到三年，祖師爺不賞我飯吃，我只學會包頭這門手藝，您把戲班子散了，這教我怎麼討生活？

李師傅　我即便是有心也無能為力了——

梁老板　梁老板！你不要散了戲班子！你們這群孩子怎麼啦!?都跪下——跪下——

（孩子們，跪下。檢場，上）

檢　場　哎喲！現在要給老爺子拜壽嗎？（亦跪）

梁老板　——散了——散了吧！

（梁老板，走）

孩子們　爹！

・燈光漸暗。

・下轉第八場。

・SE：現代音樂。

第八場 父親（3）

·景：中華商場修國家。

·人：石宜幸、李修國（飾父）、孫婆婆、李修國（平小飾）、趙華詠、梁老板、次女、紅衛兵七人。

·修國家（懸吊景）漸降，背景依然是舞台上的平劇演出及製鞋的一雙手。

·修國已在台上。宜幸推開木門，入。

宜幸　修國！你有沒有心理準備？

修國　什麼事？

宜幸　——我下午去醫院檢查，陳大夫說——我懷孕了。

（沉默）

修國　——我承認！這件事是我幹的。

宜幸　現在怎麼辦!?我什麼都不會，我內心充滿焦慮，我已經意識到我愈來愈不快樂——

修國　順其自然！沒有人天生就會做媽媽。現在應該焦慮的是我，我怎麼辦？爲了小孩，我必須停止八個月以上的性生活。

宜幸　你可以壓抑！可是我的肚子已經是既成事實，他會一天比一天大，我的頭也會一天比一天大！——我不要作媽媽！

修國　不要害怕面對生命。是一種傳承不是嗎？回頭看一看你的母親，就像我現在寫的梁家班，滿腦子都是我父親在我童年小時候帶我去看平劇的畫面，還有他做戲鞋的那雙手——

（木門開，李修國〔平小〕扶著七十三歲孫婆婆，自外，上）

孫婆婆　李老板！我剛才提的事，不能跟別人講——修國！你剛才帶我去那裡？

平小　孫婆婆！我帶你去上廁所。

孫婆婆　是嗎？你上你的廁所，你帶我去幹什麼？

平小　是你去！

孫婆婆　我去？對對對！是我去！李老板，我在香港的一個老姊妹呀！他在信上寫得清清楚楚！（掏出衛生紙交給修國）梁喜奎老板跟他的小女兒丫頭去年在北京教紅衛兵❸❾給鬥爭死了！你看信上寫的——

宜幸　修國還在想什麼？

修國　沒事！知道我要做爸爸了很開心。（飾父）修國！這種事不能在外邊亂講！

（宜幸，下。梁老板、次女，五花大綁，上。紅衛兵，上）

平小　我知道——爸！這是什麼信？一個字都沒有！

修　國　哎呀！二大媽，你拿錯了，這是衛生紙。

孫婆婆　怎麼會是衛生紙!?眞的是衛生紙——大概是放在家裡，現在記性不行了！

紅衛兵　（珊）該砸的都砸了嗎!?

衆　人　砸了！

孫婆婆　修國，你演電視、短劇好看、好笑，我每個禮拜天都看。你將來把梁家班的故事寫成劇本嘛！

紅衛兵　（珊）都認了嗎!?

衆　人　不認！

孫婆婆　李老板，你跟兒子說過了吧!?

修　國　（飾父）說哩！他不寫，他說梁家班的故事不好笑！

孫婆婆　——好笑很容易嘛！可是笑完什麼也沒留下來呀！

紅衛兵　（珊）走！

（紅衛兵，下）

修　國　（飾父）看梁家班從前發生這麼多事——

孫婆婆　文革的時候，共產黨要梁老板唱樣板戲，他就是不唱！活活教紅衛兵給打死！

（孫婆婆哭泣）

修　國　（飾父）你不要哭了，二大媽！

孫婆婆　——想起來就難過——一大家子人，都——都沒了——，當初活著，吵的吵、爭的爭。到頭來就剩下我一個人——

華　詠　我喜歡聽你說你父親和那些往事——

修　國　我沒有去做戲鞋，沒有去學唱戲，可是我今天站在這裡，還是因爲我父親——李師傅！這事兒我還沒跟你說！

孫婆婆　（飾父）你說！

修　國　（飾父）你說！

孫婆婆　梁老板教他兒子連英給鬥死了，現在連英在那兒唱樣板戲，可紅呢！

修　國　（飾父）你說什麼？

孫婆婆　兒子親手鬥死老子！

（孫婆婆哭泣）

修　國　（飾父）拿張衛生紙給二大媽！

（平小遞衛生紙）

孫婆婆　（擤鼻涕）——哎喲！這張用過了？

修　國　（飾父）緊你娘的！不會拿新的？

（平小另外再遞一張衛生紙）

修　國　（飾父）二大媽！你聽我說這話對不對？——從前的人不知道以後會發生什麼事情，現在的人不知道將來要發生什麼事情——現在的人回頭看看從前就能看見將來！

二媽　哎——你說什麼呀!?

·燈光漸暗。

·幻燈字幕：

「民國七十三年　中華商場　修國家」

·SE：現代音樂揚起。

第九場 梁家班之五

・景：茶園戲台／雪山加上內室（借用蕭恩家內室景）。

・人：梁老板、次女、次子、二媽、次媳、三媽、李師傅。

・白紗幕，降下。

・梁老板走上戲台。一角，次女，上。

次女 爹！還記得我六歲的時候，您教我唱的第一齣戲？

梁老板 也是我爹教我唱的第一齣戲，《三娘教子》❹⓪的薛倚哥——

次女 （唱）有薛倚，在學中啊——懶把書唸——爹！您不能說散就散——

・燈暗。幻燈字幕：

「梁家班」、「第五場　家當」

・燈亮。跑堂上。把一桌兩椅搬到定點。白紗幕，升。

梁老板 這些年戲班子裡，人進人出、來來往往，發生了多少事情，我始終沒法子處理舞台下的糾紛、混亂、感情、財務——在戲台上我已經愈來愈不明白我爲什麼要化上一張臉，唱那麼多齣戲！哪齣戲裡演的都不是我——

（次子，上）

次　子　爹！您絕對不能走，戲班子少不了您——

梁老板　留下來只會讓問題更複雜，永遠沒法解決！

次　子　日子能夠糊里糊塗的過也就過了。

次　女　爹！是我們讓您失望了嗎!?

梁老板　不是你們的錯！是這個時代！——梁家班在這種亂世，到底在幹什麼!?你爹我已經束手無策了！京戲再怎麼改良，我也無能為力了——我沒勁兒，拉不動！

次子／次女　爹——

（二媽、次媳，上）

二　媽　老爺子，我們把話說清楚，如果散了戲班子是為了兒媳婦梅芳，這檔事要化倒還容易！

次　子　二大媽！您就別再捅一刀子了。

次　媳　連英心裡有數！如果爹堅持散了戲班子，這罪過我承擔不起！

次　子　這事兒我不願意揭開。

二　媽　早先你知道了，就該制止！這會兒揭開為時不晚——

次　女　大家別說了，行不行!?

次　子　揭開了能解決什麼事!?爹跟梅芳他們兩情相悅，我這作兒子能說什麼?!跟梅芳吵？跟我爹鬧!?媳婦愛公公、公公偷媳婦，我這個二百五夾在中間，就算知道了也得裝糊塗——二大媽！大家們著別張揚不行嗎!?

二　媽　這是道德情操的問題!?

次　子　我是當事人，我都不吭氣！這種事又不是只有梁家班會發生，人走到哪兒不是都一樣!?

二　媽　你怎麼那麼——

次　子　你要說我笨!?好，我就算盡點孝道——

二　媽　你這是愚孝！——

次　子　我就是怕爹撐不住、受不了！他要是垮了！梁家班就是個空殼子！

二　媽　連英！我這不是正在解決問題嗎!?

次　子　為什麼有問題發生一定要解決!?——不解決問題也是一種解決的方法不是嗎!?

（次子，下）

二　媽　你這個兒子跟你一個個性——只會逃避問題！

次　女　二大媽！不能再說了！

次　媳　爹！如果我離開梁家班，您是不是就不解散了？

梁老板　我不能再扛起這個包袱了！你們讓我躲遠一點！就算救了我吧！

二　媽　你現在有三條路可以選擇——第一，繼續扛下這個爛攤子，一直到梁家班被淘汰為止；第二，留在梁家班，啥事別管我當家；第三，有骨氣你就走！

梁老板　——我打定主意，要去找大娘他們！

二　媽　你瘋啦!?

梁老板　是——這個社會總要有人瘋！我要是不瘋的話，這個社會就發瘋了！

二　媽　大娘在哪兒誰知道？

梁老板　劉隊長那個人還不錯！上回在隊上問完話之後，他私底下告訴我，大娘他們的確參加了共產黨！

二　媽　老天爺啊！一個是有良心的大兒子，一個是沒大腦的大娘！——您自個兒說的話別忘了——共產黨跟咱們唱戲的扯的得上什麼關係!?

・SE：音樂揚。

・燈光轉換——戲台景，升。白紗幕，降。雪山景，降。內室景，上。

・參謀長與小楊，上。二人在桌前商議——

小　楊　參謀長！這個任務就交給我吧！

參謀長　子榮同志！好！你改扮土匪、打進威虎山，有把握嗎!?

小　楊　我有三個有利的條件——

參謀長　第一——？

小　楊　我可改扮成胡彪！這個人現在在我們手裡！座山雕沒見過他，不會露出破綻！

參謀長　第二呢？

小　楊　我把軍事情報帶給座山雕作爲晉見禮物，必然取得信任！第三個條件最重要——

參謀長　就是中國人民解放軍對黨、對毛主席的赤膽忠心！

小　楊　參謀長！（唱，西皮原板）共產黨員時刻聽從黨召喚，專揀重擔挑在肩。一心要砸碎千年鐵鎖鍊，爲人民開出（哪）萬代幸福泉。（二六）明知征途有艱險，越是艱險愈向前。任憑風雲多變換，革命的智慧能勝天。（快板）立下愚公移山志，能破萬重困難關。一顆紅心似火焰，化作利劍斬兇頑。

・燈光暗。——場景恢復茶園戲台。燈光亮。白紗幕，升。

・次娘，下。場上有梁老板、次女、二媽。

次　女　爹！我跟您去！

梁老板　我就是一個人去！

次　女　大娘就是我的親娘，我也想他。您要去找他們，這一路上丫頭陪著您，咱父女倆彼此都有個照應！

（三媽帶著彩鞋，上）

三　媽　喜奎！小梅老板這雙彩鞋還是物歸原主吧!?

二　媽　老爺子已經吃了秤鉈鐵了心了！

梁老板　彩鞋你留著吧！

（李師傅，上）

梁老板　我對整個環境絕望了。我已經無能爲力，整個局勢——

李師傅　局勢不是永遠像現在這個樣子。

梁老板　我得換個環境。

李師傅　你換到哪兒還不是都一樣嗎!?你要去做，才能改善環境！

二　媽　李師傅！您別操心！他走了有我，戲班子有我扛著！讓他去吧！

三　媽　喜奎！你不打算帶點家當走!?

（次媳帶著一雙戲靴，上）

梁老板　丫頭陪我走！至於家當嘛！我就帶著這一件——

李師傅　你們上哪兒去!?

次　女　回萊陽找我大娘跟我大哥。

李師傅　老家進不去吧!?共產黨鬧得厲害！你不要回去！

梁老板　我可不管什麼共產黨！好歹也要見上大娘他們一面！

李師傅　梁老板，你多保重！

梁老板　李師傅！你也一樣！說不定哪年再見面的時候，老鄉見老鄉，兩眼淚汪汪！——後會有期！

・梁老板牽著次女，定格㊶。與李師傅三人間，出現條光。

・燈光暗。

・以下轉第十場。

・SE：現代音樂轉場。

第十場　風屏劇團（二）

．景：茶園戲台／空舞台。

．人：趙華詠、李修國（梁，便服）、劉又珊、高偉明、林秀美、石宜幸、鍾凌欣、朱豪陸、黃偉士、李平小、林莉嘉、陳宗繼、單承矩、王年嘉（風，便服）、李天柱、楊音麗（情侶裝）。

．場景與條光延續第九場——場上僅有修國與華詠。

．燈光漸亮——

華詠　我喜歡——看你在舞台上演戲的樣子！

修國　其實在舞台上發生的一切事情都不眞實。

華詠　什麼才是眞實!?

修國　離開這個舞台，只要我們不演戲——

華詠　我第一次參加風屏劇團的演出，我一直很喜歡排戲的這段日子，做暖身、表演訓練、練功、拉地位㊷、磨戲——我喜歡看你當導演工作的樣子——還有！聽你講你的往事和你父親——

（燈光轉換）

修國　回去吧！明天就要首演梁家班了，今天一定要多休息。

華詠　我會失眠，修國！我其實很害怕面對明天的首演！一場一場的演出，總有落幕結束的時候。

修國　是啊！

華詠　一年以後，兩年以後，我會覺得這兩個月的排戲還有梁家班的演出，愈來愈模糊，我怕我會忘記每一個細節——我眞的很害怕結束——然後我就走了——

修國　秀美說你們家要移民？

華詠　是。演完梁家班以後。去英國——從此以後，我再也看不見——你！

修國　你知道我老婆——懷孕了嗎!?

華詠　——你以爲我在引誘你嗎!?——抱歉，我不應該使用「引誘」這兩個字！——你的肩膀可以借我靠一下嗎!?

修國　——通常都是我老婆靠的我肩膀——

華詠　——有沒有人可以讓這一秒鐘停住？

修國　我老婆習慣靠我左邊的肩膀——

華詠　請你不要介意，我只是擔心之前所發生的一切事情，都會突然消失。

修國　——我有個想法——我是說，下一個劇本我知道要怎麼寫了——

華詠　告訴我，我永遠不會忘記在這裡所發生的一切。抱我！——抱緊我！

（華詠依靠著修國的右肩）

修國　我覺得我們應該離開這個舞台——

·戲台，升起——空舞台。

·修國與華詠蹭至舞台框外——稍頃，宗繼、矩承、年嘉各自提著私人物品穿場。另一角——偉士、平小、莉嘉穿場。他們七嘴八舌。又珊與偉明另一角，上。

偉明　導演呢!?——又珊！在這邊！華華，有人在停車場等你！

（華詠，下）

又珊　修國！希望不會影響你的情緒，但是我的個性實在憋不住——

修國　什麼事!?

又珊　我確定梁家班這齣戲是我的告別演出，演完這齣戲以後，我不會再回風屏——我答應演出我一定會演完！你放心！我以爲風屏劇團一年後人事結構會不一樣。可是，這次我再回來，我發現完全沒有變、沒有任何改變，不能說我受不了，我只能說——我受不了了！

修國　你應該在最後一天告訴我。明天要首演，你現在跟我說這些，會增加我的焦慮——

又　珊　因爲你對風屏有很偉大的理想，蓋劇場、搞職業劇團，那是你的理想，不是我的理想！
偉　明　導演！我演完這齣戲，我也要離開！
修　國　幹什麼!?
偉　明　我要回南部找工作。
修　國　你可以在台北找工作啊!?
偉　明　在台北找到的工作都不是人幹的！
又　珊　我只在乎我來劇團快不快樂、開不開心!?當然有一段時間開心、一小段時間！
偉　明　對！對！那是他！
又　珊　但是大部分的時間都是不快樂的！
偉　明　對對！他的問題我知道！問題是——你還要不要講！
又　珊　我受不了了！
偉　明　那我的問題是——我講完了！
（凌欣、宜幸、秀美，一角，上）
宜　幸　修國！凌欣有話跟你說。
修　國　明天首演有問題！阿偉，你去把大家找回來！
（偉明，下）

凌欣　導演！我爸爸終於發現我參加風屛劇團的演出！

修國　很好啊！他怎麼說?!

秀美　他爸爸崩潰了！

凌欣　那天秀美到我家，看到我爸爸在罵我——

秀美　他是這樣罵他——（模擬其父）你大哥作醫生、二哥做律師，我期待你好好讀書，大學畢業後去做公務員，竟然偷偷跑去搬戲，你給我死出去，阮家不能出戲子！沒生沒息生孩子去演戲——

凌欣　爸！我又沒有去做什麼，我只是去幫忙！

秀美　（模擬其父）幹！你再說就給我死出去！

凌欣　不要啦！——謝謝！

修國　當初問你父母如果反對，你就不要加入風屛！

秀美　凌欣加入劇團有交一份父母同意函！

凌欣　可是家長的簽名不是我爸爸親筆簽名。

修國　是誰!?

秀美　是我。

修國　如果父母反對就應該回家，我不贊成爲了演戲，家庭鬧革命！

凌欣　我爸爸是說氣話，我媽媽說他兩句就好了！我爸爸說民以食爲天，百善孝爲先！

修國　你說你要刪掉餵奶的戲，我已經刪了，你現在不要演了——一下子是你的事，一下子又有人說要告別舞台——

宜幸　修國，不要做了！梁家班的故事跟這個時代有什麼關係!?我們這些演戲的人都沒有得到一點啓示，我們還在台上演什麼戲!?——我現在宣告，取消梁家班演出！風屏劇團正式解散！

・SE：音樂揚。

・燈光暗、燈光亮——場上多了偉明、宗繼、矩承。

・燈光暗、燈光亮——場上多了偉士、平小、莉嘉。

・燈光暗、燈光亮——場上多了華詠、年嘉、音麗、柱天。

・眾人在舞台上等候著修國說話。

修國　大家能夠聚在一起共事就是一種緣份！演完戲以後每個人都有自己的路要走！明天的梁家班首演就當作我們一生當中最美好的回憶！也算是風屏劇團的解散演出。

（眾人七嘴八舌）

小單　阿偉！團長到底怎麼了?!

偉明　他是性焦慮！

小單　啊?!

修國　我對於梁家班的故事背後有很深厚的感情。這其中，我有兩個遺憾——第一個是對我父親。當初如果我聽他的話去劇校學戲，今天我就不會站在這裡。第二個遺憾是梁老板說要改良京戲，在劇本裡他並沒有實現——一群漁民河面划船、兩幫人在水裡打，打漁殺家的大場面、高潮戲！

豪陸　修國！我們可以做做看！把這場戲加進去！

宗繼　一定沒問題。

平小　我們就來排這場戲！我帶大家練功！

宜幸　不可能吧!?我們時間不夠！

偉明　風屏劇團沒有什麼做不到的事情！這叫做絕處逢生，我們可以創造奇蹟！——啊！福氣啦！

・SE：國劇鬧場樂。

・燈光漸暗。

・白紗幕，降下。

・以下轉第十一場。

第十一場　打漁殺家

・景：1蕭恩家、2河上、3丁員外家、4河中。
・人：蕭恩（陸）、桂英（華）、漁民（年、毛、單、黃、秀、宜、珊、莉、鍾）、丁員外（柱）、大教頭（平）、武行（偉、修）、孫婆婆（音）。
・SE：高潮音樂。
・幻燈字幕：
「首演日（十月十日）」、「風屏劇團　演出」、「梁家班」
「風屏劇團昨夜達成共識　決定在梁家班的故事中」
「增加一場戲中戲《打漁殺家》高潮戲」
・燈光亮——
・蕭恩家宅門前——蕭恩父女行來。
・白紗幕，升。

桂英　（叫頭）爹爹啊！白晝殺人人不容，黑夜殺人天不容。爹爹你你你就忍耐了吧！
蕭恩　爲父早已打定主意，共邀鄉親一同前往賊府，不用你管！（穿衣帽、取戎衣㊸）

桂　英　啊！爹爹，女兒也要跟隨前去。

蕭　恩　女孩兒家，去之無益。

桂　英　爹爹殺人，女兒站在一旁，壯壯膽量也是好呀。

蕭　恩　好。帶兒前去也就是了！

桂　英　（哭）爹爹，這門戶呢!?

蕭　恩　這門麼？關也罷，不關也罷。

桂　英　（哭）喂呀——

蕭　恩　走。眾位鄉親請了！

漁民們　啊！

蕭　恩　我與桂英要前往賊府，殺了賊的滿門，眾鄉親可願同往!?

漁民們　老英雄，我等願與您父女二人同往賊府！

蕭　恩　你我大家一同前往！

漁民們　啊！

・漁民們上船。

・燈光暗。白紗，降。

・幻燈字幕：

「父女被迫　結合漁民」、「起而抗爭　殺死惡霸」、「父女率眾　奔赴深山」

・漁民們提刀，上。

蕭　恩　眾鄉親！夜晚行船，比不得白晝，爾等要掌穩了舵！

漁民們　啊！

・SE：音樂揚。

・燈光暗——場景轉換——

・蕭恩父女與漁民們在湍急的河面上行船。

・稍頃——眾人停船，同上岸。

蕭　恩　眾鄉親！在此處上岸，還要在此處上船，記下了。

漁民們　記下了。

蕭　恩　隨我來！

（眾人跟蕭恩，動）

蕭　恩　來此已是賊府，爾等就在此處四下埋伏！

漁民們　啊！

・SE：現代音樂。

·燈光暗——白紗幕，降。

·幻燈字幕：

「現年八十五歲的二大媽　出現在觀眾席中」

·茶座燈亮——孫婆婆在其座位上看戲。

·場上燈亮——場景是丁員外家。

·場上僅有蕭恩父女——白紗幕，升。

蕭　恩　（藏刀）裡面有人嘛!?滾出一個來！

（大教頭，上）

大教頭　哎喲！二大爺，你怎麼打到家門口來了？

蕭　恩　我父女過府賠罪來了。

大教頭　諒你也不敢不來。

蕭　恩　啊！不來便怎樣啊!?

大教頭　不來就不來吧！

蕭　恩　哼！

大教頭　有請員外爺！

（丁員外，手執羽扇，上）

丁員外　何事？
大教頭　蕭恩過府賠罪。
丁員外　家丁們走上。
大教頭　家丁們走上。
（二武行，上）
丁員外　叫他進來。
大教頭　蕭恩哪，叫你進來。
（父女，入）
丁員外　哪——膽大蕭恩，爲何將我家教頭打得這般光景。
蕭　恩　我來問你，這漁稅銀子，可有聖上旨意!?
丁員外　沒有。
蕭　恩　戶部公文？
丁員外　也沒有。
蕭　恩　憑著何來？
丁員外　本縣太爺當堂所斷！
蕭　恩　敢是那呂子秋？
丁員外　呔，要叫太爺。

蕭　恩　兒啊！殺。

（二人殺死丁員外）

桂　英　是。

大教頭　徒兒們走上，開打啦！

（蕭恩與大教頭、桂英與武行甲，雙方開打）

大教頭　跑啊！

·燈光暗——場景轉換成河面轉河中——白紗幕，降。

·漁民甲、乙、丙、丁與父女、大教頭、武行甲、乙，在河中對打。

·水中打鬥之動作經設計。稍頃——

·惡霸遭眾人殺死。

·SE：平劇結尾高潮樂。

·燈暗。

·幻燈字幕：「梁家班」、「首演之夜　圓滿落幕」

·下轉尾聲——

尾聲 落幕

‧景：空舞台／中華商場修國家。

‧人：李修國、石宜幸、孫婆婆、李柱天。

‧空舞台。

‧燈光漸亮。修國在台上。稍頃，宜幸帶著一雙彩鞋，上。

宜　幸　修國！有一位老太太要我把這雙彩鞋交給你。

修　國　——他人呢?!

宜　幸　走了。他說什麼這雙彩鞋是小梅蘭芳的，他一直沒有機會還給你父親——

修　國　他人呢?!什麼時候走的?!

（孫婆婆，從鏡框舞台外，走上）

孫婆婆　你幫你父親好好收著吧。

（沉默）

修　國　孫婆婆。

孫婆婆　梁老板不在呀!?

宜　幸　他是？噢！他就是！

修　國　去找柱子來！

（宜幸，下）

孫婆婆　我問你寫不寫梁家班，你說不寫！——你把我寫得有點壞！我的身份你不要寫眞的嘛！

修　國　孫婆婆！那些只是戲——

（宜幸與柱子，上）

修　國　（飾父）梁老板，二大媽來了！

孫婆婆　梁老板!?——老爺子！

柱　天　您多多指教！

孫婆婆　——你現在有三條路可以選擇——第一、繼續扛下這個爛攤子，一直到梁家班被淘汰爲止；第二、留在梁家班，啥事別管我當家；第三、有骨氣你就走！

柱　天　——我打定主意——

修　國　柱子！

（修國示意柱子，要他不依原劇台詞說）

柱　天　——留在梁家班，還是我當家！

・孫婆婆抱著柱天低泣——哭聲瘖啞。
・中華商場修國家景，上。——正好將他二人擋在門外。
・燈光轉換——白紗幕，降。

宜幸　修國！
修國　我其實還有一個遺憾，一直沒說。
宜幸　什麼!?
修國　我一直希望梁家班公演的時候，孫婆婆會坐在台下看戲，可是——民國七十三年，在我父親過世前兩個月，孫婆婆提到梁老板在文革被鬥死的往事，那一天之後——我再也沒見過孫婆婆了。
宜幸　——我昨天說的是氣話，你不會眞的解散風屏劇團吧!?

・宜幸拉著修國的手，二人背台——
・SE：現代音樂揚起。
・舞台是一片空曠，懸吊系統全升起。
・幻燈字幕：「風屏劇團（完結篇）」
・燈光暗。

（全劇終）

註釋：

❶平劇：在北京形成的皮黃戲，受到北京語音與腔調的影響，有了「京音」的特色。由於他們經常到上海演出，上海人就把這種帶有北京特點的皮黃戲叫做「京戲」，戲就是劇，因此京戲也叫「京劇」。

❷跑堂：即現今餐飲業之外場人員。

❸毛巾把子：北京話，即手巾、熱毛巾。

❹文武場：京劇的伴奏稱為場面，分為文場和武場。文場以胡琴（又稱京胡）為主奏樂器，伴以彈撥弦樂、吹管樂器，拉、彈、吹兼有；武場以鼓板為主，小鑼、大鑼次之，合文場的胡琴、月琴、三弦，向稱「六場通透」。

❺碰頭彩：指演員一出台簾，觀眾即迎頭報以熱烈喝采，俗成稱「碰頭彩」。

❻中華商場：民國四十八年台北市中華路上攤販林立，政府為從事消除髒亂，整頓市容，讓攤商得以安身立命，乃興建中華商場，為西門地區帶來盛極一時的繁榮。直到捷運板南線與地下街興建，捷運局方於七十八年開始著手拆遷。

❼伶人：即演員。

❽三峽：長江三峽，西起四川奉節的白帝城，東到湖北宜昌的南津關，全長一九二公里，由瞿塘峽、巫峽和西陵峽三段組成。

❾鬧台：傳統戲曲演正戲之前必須鬧台，用一段熱鬧音樂安定觀眾，有暖場的意思。

❿打漁殺家：一名《慶頂珠》，又名《討漁稅》。宋時，梁山泊起義失敗後，梁山英雄阮小二易名蕭恩攜女桂英，隱居太湖，打漁為生。因土豪劣紳丁自燮催討漁稅，勒索傷人，蕭恩連夜帶女兒過江，借獻慶頂珠為名，闖入丁府，殺了丁自燮及他的家丁走狗，棄家逃走。

⓫身段：傳統戲曲中，演員的舞台動作叫做「身段」。

⑫彩鞋：傳統戲曲服飾中，女角的戲鞋稱「彩鞋」。

⑬棺材頭：形容厚底戲靴鞋底的側面造型

⑭雲頭：鞋頭的樣式，一般有圓頭、方頭、小頭、雲頭、獸頭、叢頭、鳳頭等。

⑮梅蘭芳：最著名的京劇演員，唱工平靜從容。梅蘭芳精通音律，吐字講究五音、四聲、尖團，但不拘泥，發聲善用共鳴，為梅派唱腔的創始人。

⑯一桌兩椅：「一桌二椅」是中國傳統戲曲中最基本的舞台道具，所有的景都利用一桌二椅的排列堆疊模擬、暗示而成。

⑰封箱：戲班年度休息稱為「封箱」。

⑱開鑼：京戲以鑼鼓開場，「開鑼」即開場。

⑲骨子老戲：即經典舊戲。

⑳鳴春社：北京重要的戲班之一，一九三八年由李萬春（一九一一～一九八五）創立，出了不少鳴字輩和春字輩名伶。鳴春社常演連台本戲《濟公傳》、《文素臣》及應節戲《天河配》等戲，都極為叫座。

㉑千斤碼子：調音的動作。摁弦越低，樂音越高。

㉒大軸鳳還巢：「大軸」意指壓軸大戲；《鳳還巢》，戲名。

㉓檢場：傳統戲曲舞台上負責檢查、照顧道具、茶水等瑣事者，類似今天的stage hand。

㉔鷂子翻身、臥魚：戲的身段動作。

㉕排頭：即挨罵、教訓。

㉖坐科：即學戲。

㉗一星期包銀：指茶園請戲班演出時，雙方約定好的演出時間與酬勞。

㉘樣板戲：由江青主持，標舉出八種模範的「改良京戲」，是為八大樣板戲，內容以鼓吹社會主義革命為主。

㉙方法演技：由俄國表演學宗師史坦尼斯拉夫斯基（Constantin Stanislavsky, 1863-1938）所創，演員在詮釋角色時，除了自己本人的性格之外，也要創造角色本身的性格及生活，實際觀察類似的環境，揣摩後再借代到角色之中。

㉚智取威虎山：八大樣板戲之一，敘述東北解放軍在進剿威虎山的座山雕匪幫時，偵察排長楊子榮假扮奶頭山殘匪胡標，以聯絡團為名，取得了座山雕的信任，當小分隊與民兵趕至威虎山時，與楊子榮裡應外合，一舉殲滅匪幫。

㉛行頭：指戲曲演出服裝、飾品。

㉜走圓場：本指京戲演員的基本功之一，延伸為演員在舞台上走動，代表時間或空間的流程轉換。

㉝萊陽梨：又稱萊陽茌梨，為山東梨類名貴品種，有開胃、消食、化痰、清肺、止咳的功效。

㉞京派、海派：即北京與上海兩地的流派，北京與上海在各方面常互較短長，傳統戲曲的各劇種也不例外。

㉟包場子捧角兒：指喜愛某位名演員，將該演員演出的場次滿座包下，提升該角的人氣。

㊱餿梗：戲班術語中的「梗」指的是戲劇情節段落，也有謂之「橋段」。而「餿」指的是臭掉的、老掉牙的東西。餿梗在此意指老掉牙的詞兒。

㊲李世芳（一九二一～一九四七）：幼入富連成科班，專工青衣、花旦，受教於尚小雲、蕭長華、魏蓮芳等名師。因嗓音明亮甜潤，扮相雍容華貴，未出科即以「小梅蘭芳」享名。一九三六年正式拜梅蘭芳為師，出科後即以梅派傳人組班演唱，與張君秋、毛世來、宋德珠並列「四小名旦」。

㊳麻姑獻壽：典出葛洪《神仙傳》，謂仙女麻姑於東漢時降於蔡經家中，容貌如十八歲少女，卻自稱「已見東海三次變為桑田」，便有以麻姑象徵長壽意。相傳每逢三月三王母壽辰蟠桃宴，麻姑便在絳珠河畔釀靈芝酒，獻給王母，是為「麻姑獻壽」。

㊴紅衛兵：文革時期，中國共產黨動員全國年輕學生組織成「紅衛兵」，專門負責執行思想檢查、批鬥的基層任務。

❹⓪三娘教子：京戲名。敘述明代儒生薛廣往鎮江經商，家中有妻張氏，妾劉氏、王氏。劉氏有一子，乳名倚哥。劉氏、張氏不耐飢寒先後改嫁，三娘王氏以織布為業，與老僕薛保扶養倚哥。倚哥在學堂被同學譏嘲，氣憤回家，不認三娘為母，三娘一氣剪斷織布，以示決絕。

❹①定格：電影術語，指畫面停止。這裡引伸作演員舞台動作凝止不動。

❹②拉地位：劇場術語，指舞台上人物動線的調度。

❹③戎衣：即戰袍。

黎煥雄 葉智中作品

黎煥雄

台灣苗栗人，1962年生，淡江大學中文系畢。詩人、劇場導演及資深唱片／音樂企劃工作者。曾任EMI唱片國外處資深經理、元智大學資傳系戲劇講師。河左岸劇團及創作社劇團創始團員及核心編導。劇作有《闖入者》、《兀自照耀著的太陽》、《星之暗湧》、《海洋告別（三部曲）》、《一張床四人睡》、《烏托邦Ltd.》，並著有詩集《寂寞之城》。近作為《彎曲海岸長著一棵綠橡樹‧河左岸的契訶夫》。

葉智中

1962年生，淡江大學日文系畢。河左岸劇團創始成員以及團名定名者。曾任記者、台中縣港區藝術中心副執長、新視野人文協會副秘書長等。小說〈我的朋友住佳霧〉入選第一屆東南文學獎、前衛版《一九八五年台灣小說選》及晨星版《台灣山地小說選》。

星之暗湧

來自安那其的：二零年代台北的數個夜晚

Shimmery the stars: Nights with ghosts of anarchism from 1920's, Taipei

人物簡介

林清江——台灣人，一八九六年生，劇中以二十七歲上下的姿樣顯影。為從台中至東京的留學生。東京台灣青年會會員，文協留學生文化演講團辯士，台灣黑色青年聯盟創始成員，星之暗湧聯盟宣言起草人。在東京曾與社會主義者新女性——田中靜子有過戀情，後因返台工作而分手。之後與日本在台殖民官的女兒真理子相愛，但苦於階級與民族的藩籬無法結合。於一九二七年的檢舉中被捕入獄。

陳澤源——台灣人，一八九二年生，劇中以壯年現形。為出身彰化地方的台藉知識份子，中等學校畢業後，於台中工作，與林清江結識。對於新思潮的接觸，便是來自後者的引介。後來於數度的大檢舉中倖存，背負一種無出路的宿命感而自我放逐於島內，過著苦行僧般的流亡生活。光復之後，一度返鄉，但未久又於四零年代末期，因思想罪入獄，老死其間。

眞理子（MALIKO）——日本人，在台殖民官之女，生於內地，幼時隨父母遷台，劇中身影約莫十五、六歲。於一次返回內地探親、又再歸來的航程上結識林清江，進而相戀、並加入林所熱中的社會改造運動，於階級、種族、政治上都面臨了內在衝突的險境。最後於林清江入獄之後、為母親攜回準備返日定居的最後航程中，選擇了投海自盡的悲劇。

優　子——日本人，眞理子之母，劇中約三十五、四十歲。寡居。為殖民者在台官員的遺孀，本來已選擇終老台島，但因女兒的事件，一度決定返回內地定居。最後卻因女兒的自殺，而又逃避地回到台北，過著隱居般的生活，乃至老死。

田中靜子（TANAKA SHIZIKO）——日本前進女性，劇中姿樣保持三十歲左右。自認在思想上啓蒙了來自台灣的知識青年林清江，對後者始終有著難以釋懷的愛恨情結。一九二七年藉著運動組合與後援的名義悄然抵台，心裡卻滿懷對林清江的舊日情意。出於一種複雜的心情，她間接出賣了熱血的改革者，然而，也因此終身背負罪惡的自我譴責。台灣，成為她靈魂永遠無法避開的哀傷眼神、離去了卻也無法離去的封閉空間。

劉哲雄（TE-TSUO）——台灣人，一九〇〇年生，二十五歲樣態現形。出身清苦，但於一九二二年去到「內地」日本尋求生計。結識同樣來自台島的知識青年。於一九二五年自日渡海到中國，想要追隨在北京的台灣人范本梁、在思想與行動上尋求民族運動與階級運動的平衡。然而夢想終究幻滅，貧病交迫地淪落北京，然而一心懸念的卻是南方的島嶼，以及仍在故鄉守候的舊日戀人許千惠。

許千惠（CHI-E）——台灣人，一九〇二年生，富家之女，二十歲左右姿樣顯影。良好的教養本來是為著身為地方富紳的父親攀附統治異族的準備，然而命運卻將她與哲雄互相繫綁。年輕戀人苦於門戶的隔閡無法結合，千惠於哲雄赴日之後，數度以自身性命要脅、對抗家族勢力的婚約。然而就算得以為哲雄守住誓約，卻無法留住青春，獨居的許千惠，帶著自戕的傷痕，不時收到寄自北國的書信，一封封沒有地址、無法覆函的書信紀錄了哲雄大北方流放的軌跡……直到一九二七年，收到最後一封來自北京的信，信封裡，只有一頁自政治刊物《新台灣》裡撕下的無政府主義宣言……

（劇中除角色所提及之歷史人物如「新台灣安社」范本梁、日本無政府主義者大杉榮等人、文化協會及黑色青年聯盟外，所有角色、組織皆爲虛構）

年代　歷史與角色（字加側線表示為作者虛構）

一八九二年　陳澤源出生。台灣鐵路通車至新竹。

一八九四年　中日甲午戰爭。

一八九五年　明治二十八年台灣割日。五月二十五日，台灣民主國成立。五月底日軍先後登陸澳底、佔三貂角。十月劉永福逃逸，民主國告終。

一八九六年　林清江出生。三月總督府頒佈六三法。二十年間島內持續有武裝抗日者。

一九〇〇年　劉哲雄出生。

一九〇二年　許千惠出生。

一九〇六年　三月嘉義大地震

一九〇八年　真理子出生。

一九一一年　日本處死無政府主義者幸德秋水。中國辛亥革命。阿里山鐵路通車。

一九一二年　十二月二十六日，馬偕醫院開幕。

一九一四年　一次世界大戰。板恒退助來台組「台灣同化會」。淡水長老教會中學開校。陳澤源結婚。

一九一五年　林清江赴日。西來庵事件，台灣武裝抗日的最末，余清芳反日，日軍屠殺噍吧哖住民。本年止，留日學生共五百多人。

一九一六年　真理子隨父親赴任拓殖官、與母親一同移居台灣。

一九一七年　靜修女中開校。三月俄國大革命（十一月，列寧、托洛茨基建立蘇維埃政權）。

一九一八年　一次世界大戰結束。

一九二〇年　一月西螺大火。六月全島大地震。

一九二一年　台灣文化協會成立。

一九二二年　哲雄赴日。戰後帝都的蕭條。一月，台灣無政府主義者於中國北京成立「北京台灣青年會」。七月，日本共產黨非法建黨。

一九二三年　林清江托回社會科學百科全書。真理子十五歲。大正十二年六月，日共第一次檢舉。九月一日，關東大地震。九月十六日，日本安那其主義首領大杉榮夫婦遭軍憲（甘粕正彥）殺害。

一九二四年　春，林清江與真理子結識於返台船上。夏，林清江返台訪陳澤源。秋，哲雄流放北方。二月，范本梁、許地山組「新台灣安社」（無政府主義）。

一九二五年　春，林清江去信真理子。哲雄自日赴滿洲。十月，謝雪紅赴莫斯科。

一九二六年　田中靜子抵台。星之軌道。秋，哲雄自滿洲抵北京。七月范本梁回台，被捕。十二月，大正天皇歿。十月，文化協會第六次大會，開始分裂。台灣黑色青年王萬得、黃白成枝、周合源至各地演講。

一九二七年　林清江二度檢舉被捕入獄。星之暗湧。哲雄自北京寄回最後的信。真理子十九歲。一月，文協分裂。二月，黑色青年聯盟四十四人遭檢舉。

一九二八年　光之魂。三度檢舉。林清江獄中自殺。秋，真理子抵日前夕於尺門跳海自殺。田中靜子離去。優子錯亂而堅信真理子仍留在台島，因此又獨自返回台灣直到終戰。一月，謝雪紅、林木順、陳來旺回上海籌建台共。二月，黑色青年案判決——小澤一（兩年四個月）、王詩琅、吳滄州（一年六個月）。二月，范本梁判刑五年。三月，日本內地檢舉日共。六月，謝雪紅回台中。十月，日共渡邊政之輔之基隆被捕，自殺。

一九二九年　陳澤源出獄。四月，第三次日共檢舉。十月，紐約股票暴跌，世界經濟恐慌開始。島內無政府主義者張乞食（維賢）等人繼續以新劇劇團組合活動，惟現實與參與者之寥落，終究無以後繼。

．龐大荒涼的空間，水泥構成，牆面充滿斑駁的歷史痕跡。
．有許多小椅子、旅行箱散佈場內，地面則是鋪滿大片大片的枯葉。
．許多的樑柱，遠遠近近地分別懸吊著數個鞦韆，以及高長及地的各色布幕。但一切都要到適當時機才會揭露。

序場

左後方的鐵捲門緩緩升起。一個孤獨的身影在逆光中出現。如遠行歸來的旅人般提一個皮箱、呢帽與大衣。逆光漸漸暗去。音樂進。

歸來的旅人在舞台中線的最底處。他慢慢向前走來。沿途放下皮箱、摘下帽子、伸出手丈量空無。

其他部分演員安靜地出現在兩側牆面的高處——緩緩地攀爬下來。打開各自的箱子。拿出不同的東西——書本、洋服、帽子、雨傘、相框……。

兩名女性一左一右朝後方走去，分別是優子、田中靜子。後者在與黑衣青年錯身時駐足，望著繼續向前走來的黑衣青年、直到終於到達第一區，他是林清江。燈漸暗。

第一場　林清江

（光線微弱。歷史的深海。身影被放大投射在牆面。林清江一人在場內）

林　我是林。由台中來東京的留學生，文化啓蒙的風潮在島內捲起的時候，我上東京求學。我認爲，數百年來的台灣所未曾有的光明將在這個世紀的此時燃燒發亮起來。但是在下雪的大正民主的東京都，我卻深深爲島內運動的停滯感到憂慮，爲前輩運動家背離土地、背離人民的反動思想而感到失望。

幸逢田中靜子女士的引介，一旦接觸了深以爲寄望的社會科學研究，及同我一般勃發的熱情的青年改革者才稍稍重感新的方向的確定。

在我寄宿的租屋牆上，掛著一幅日本圖，在這圖的中心區域，帝國版圖的最南端，懸吊著我的母土、亞熱帶的島嶼。那枚島嶼，在大陸塊與大海洋之間，彷彿會像船般的起伏。我只有用墨汁將島嶼塗黑。

我是無產青年林清江。東京台灣青年會會員，文協留學生文化演講團辯士，台灣黑色青年聯盟創始成員，星之暗湧聯盟宣言起草人。在命運的屬性上，我是從裡到外徹底黑色、生前孤獨死後無寄的孤魂。

第二場　林清江往訪陳澤源，一九二四年夏

（不暗場，燈稍加亮，陳澤源推著重重的老舊三層鋼架入場，一本厚厚的書在最上層，陳攀上鋼架第二層，在左側邊緣朝向他的前方緩緩行禮）

陳　歡迎林さん（林君）的光臨。（林緩緩轉身後回禮）……我知道你是誰。你的眼光我認得。

少年時代就時常在庄內看到你，以各種不同的穿著裝扮突然出現，打斷我年少時期的嬉戲，工作或者獨自寂寞的思索。你總是突然出現，打斷一個少年的寂寞，你以更大的寂寞的身影和眼神出現。

有時你是佃農，有時你是使用人，有時你是北管出陣的樂師，大多時你只是浮游大眾，做個來往無定的羅漢腳，有一回你甚至是個女流。

（林在鋼架後方周旋。陳攀爬上右側第一道鐵梯，林移位，繼續聆聽——）

對於你的透視，是因爲你的異質，我可以看出你的異於旁人。這種異質我熟悉，是源於一個生命的堅毅的寂寞，就是這個寂寞使我和你有著令人著慌的相聯結。但是不同於你，我的寂寞乃從體內逐漸生成，而你的更厚重的寂寞，卻是壓負著在肩上的……，那般令人困惑——我慌亂地猜想，是不是寂寞隨著長大，會在肩背上像瘤一樣，一日

一日地腫脹？

因此我常做夢，看見你在我的夢裡走來走去，相同的神色，不同的裝扮。而我也到我自己，清楚感受到實在、有著重量的自己的身體，更清楚的感覺、是自己的身體上，浮著斑斑硬塊的瘤，正不斷地腫大膨脹……

林　（攀上右側梯口，抬頭）你每次都這樣地醒來？

陳　（鬆了口氣般）そうだ（正是如此）。……感謝你的費神傾聽。

林　（沉默地探觸放置第一區中央的書本，安靜地翻動起書本。其他人在後方不同的角落也各自翻動起各自的書本）爲什麼別人的少年時代的夢境總與女體有所黏結，與冰冷的羞澀、摸黑起床用腳去勾探地上的屐板等等有關，而你的卻大不相同。

陳　那種夢也是有過的，只是過早地脫離，這需感謝我的妻子——結婚以來，很快地她即連續有身了，接連生下有的夭折、有的存活下的孩子，情慾的夢就此遠離，可是腫瘤的夢倒是從少年時代就跟隨至今了。

（室內很短的間隔內一時無話；直到林突然把桌上的書闔上，場邊眾人也共重重闔上各自的書……林會意地笑著審看封面、並讀出書名）

林　「社會科學エンサイクロペデイア」（社會科學百科全書）！是去歲、關東大地震發生之前，我託人從東京帶回來送你的吧？

陳　（把書取過來，翻找著什麼）書裡面介紹到一個 オーストリヤ（奧地利）精神病學者

林　フロイド（佛洛伊德），他對心理學的基礎領域加以研究，認爲自由聯想與夢都受命於潛意識的機械作用，而潛意識中的性慾與原慾又是意識生活中精神過程的根源。他說：「夢是忠實的嚮導，導引我們去觀察潛意識的深淵。」

陳　（感到興味地嘆服）陳さん研讀到這般細膩的地步了，從東京帶回這些書給同志看，其實是爲著改進社會救台灣——

林　改造社會救台灣之前，不應先改造自己救自己嗎？林さん不是常說「人們的自由意志是無政府主義社會唯一的法則」嗎？

陳　看起來，這位佛洛伊德氏對陳さん來說，是比克魯泡特金、巴枯寧諸氏要較有興味得多了？

林　非全然如此，不過既然精神分析也是社會科學之一，而對我長久來一直不斷夢到那些人的黑夜，連蚊帳也變成枷牢的夜夢，也的確有著全新的令人期望的解析與解放作用——

陳　那些人？

林　林さん，是明治二十八、西曆一八九五年我台灣乍成天皇臣土以來，因族性尊嚴，不服而以武裝對抗蜂起的那些前輩呀。

陳　此即總督府所稱數十起之「匪亂」，視其爲「匪徒」或是「土匪」的那些人——

林　人們視其爲匪徒，之於僕（ぼく，自稱我），卻是一種心理基礎了。僕之少年時期的數

度遇逢那些所謂「匪徒」，不僅之後匪徒穿走吾人夢中，更在潛意識的團塊內長成「匪徒ンプレッゾクス」（Complex，情意結）。

林　コプレックス？

陳　是フロイド（佛洛伊德）之用語，他藉著精神分析法，分析夢的意義；了解コプレックス之所在，可以達到病理上的治療功能。

林　如此說，陳さん是將僕暫時充做釋放你夢境的フロイド了？

陳　汗顏の至りだ（汗顏之至），蒙林さん不厭傾聽。

林　すレ（好）這樣啊，不過陳さん之解放，應視爲社會解放的起點唷！而以這樣的夢的解放做爲基礎，或許，讓人對未來的局勢有著樂觀的期待哩。倒是不知道自己的解放，又該以什麼做爲基礎呢？

陳　（一邊鬆開鋼架定位輪，一邊同陳半開玩笑地）我想，就以林さん多采的ローマンス（羅曼史）爲出發吧，先是在東京時的田中靜子女士，聽說舊情尚且還沒了結呢，現在又是如此可愛的少女，你怎麼認識她的呢？

（陳將鐵架推向第一區左側，之後離開。林最後未結束的話語，在逐漸又微弱了光的前區響起）

林　啊——マリユ（眞理子）！是兩個月不到的偶遇慕戀啊！在我暫時停下內地的學業，返回台灣的船上，認識了回內地探親又再歸返的日本少女マリユ，台灣總督府前拓殖官之獨女。

（黑暗中遠遠地走出一位少女——她是眞理子……）

真　空氣變得稀薄、變得冰冷。聽到一些陌生話題的談論，關於不可解釋的夢，關於組織、關於總督府，關於什麼新政府與社會改造。我感到不安。要離開了嗎？要去哪裡呢？暗黑的路，在延伸、也不在延伸，要離開了嗎？要去哪裡呢？

（眞理子緩緩轉過身去，更遠的後方浮現母親優子的身影……）

第三場　真理子十五歲，與母親在陰影的內室，一九二三年

優　自你父親死後，奇異的是，我卻不曾有過他出現的夢。這不是很奇怪的事嗎？

真　わとラちん（父親）他極疼愛我，出世時，わとラちん一定極爲喜悅吧！

優　そえよ（是唷）！我懷抱著你，那時他穿著代表著被天皇陛下所信賴的帝國官員的服裝，望著那樣的身影，我的崇拜卻飛往遙遠的死亡去想像：當他一旦爲帝國殉職，我將會長久夢見這樣的黑色姿影。

真　沒有想到わとラちん會死在這個島上。

優　他露著微笑告訴我——「さ——台灣へいンう，台灣へいンう！」（啊！到台灣去吧！），他說要我一名內地婦女，身爲在台拓殖官員的妻子，應可對他們作爲一個示範。我低頭望著你。但是自你父親眞的亡故之後，卻從未夢到他——從不曾有他的夢。（朝向左側雜草叢生的區域）再也沒有由內地特意帶來的「九谷燒」，總是在島上隨意採來不知名的花。這些花，我不喜歡。

真　かあさゃん（母親）……

優　顏色不對。花形不對。體態不對，品種也不對。

真　かあさゃん（母親），等我頭髮再變長時，教我梳髮髻了，好嗎？

優　南國此地的陽光，也太超過了，室內整日都被充滿著，陰影太少了。沒有陰影之美的內室，還能說是日本和室？又怎麼能從事插花這項傳統呢？

真　かあさゃん（母親），陰影在你心中依然是存在的吧。

優　我不能教你插花，你父親所期望於我的，身爲一名日本女人的示範，大約是要失敗了。所幸，我再也不是一名拓殖官員夫人的身分了。（漸漸地朝後方離去……）

真　我是眞理子，大正十二年、西暦一九二三年，我十五歲，身爲前拓殖官員的女兒，雖然お父さん已經過世，心中仍有著奇怪異質的不安，南國島嶼的台灣，需要攀伏在窗台柵欄上、俯首才能望見的，猶仍觸痛了我尚稚嫩的情愫。明年，將隨母かあさゃん回返內地探望親族，幼時成長的地方，竟像是遙遠的異國他鄉了。

（音樂進。在不同的區域同時飄落起櫻花般的紙片。眞理子打開手中一直抱著的盒子，白色的粉蝶飛出……）

第四場 一九二五年林桑的來信——真理子

林 （重新出現在右側柱子旁，讀信）マリユちん（眞理子小姐）——雖說是漸暖初春，台島今年的氣溫不似往年，總令人感到稍顯溼寒了些，不過，來自北國的妳，應該是可以習慣的吧。久未探詢，想必無恙，謹此致上問候。（眞理子發現前方地上的信件，撿拾起、並折開……）關於去夏與妳在返台船上所談及、將有的一群理想青年的激情結社，或許所出實在過於唐突，而妳的驚訝我想是出於妳帝國官員之女的出身所致吧！但妳也提到那次回京、在帝都目睹學生的激進行動，是那樣令妳感受震驚。而後移轉了話題，實在也隱沒了妳訝異內面的、令人殷切欲探的眞正態度，彼時望著無涯汪洋，心底便浮湧著莫名的寂寞了，那樣相似的寂寞，意外地在抵台相互道別之際，竟也閃現妳年輕而又令人愛憐的眼底。

結社奮起之事既已貿然吐露，也希望妳能夠理解，實在乃基於這個世紀初以來，改造社會已出現了轉機，建立跨越階級族類新世界，也變得極有可能，而僕的慕戀，也必須期於那樣的新世界，才得以衍生實現的吧……

（林清江的身影再度隱沒。眞理子反身追過去未果、落寞地轉回——）

真 一九二五年春天，接到林さん這樣的來信，心中有著再也無法抑制的慕戀與改造重生的意志；但是一切終究只是可以預見的悲劇，再過三年，一九二八年，第三次檢舉遭到逮捕，他在獄中自殺，我被母親攜回，準備回返內地定居。船到尺門，泊岸前，帶著不願再踏上那個國度的強大怨恨，我選擇了永遠的海沉。

真　「マリユ（眞理子）是吾人的名字。不得打聽成長背景。不許追溯過往時光、天涯的孤客。苟活下來、就是這樣。苟活下來、吃食五穀雜糧。苟活下來、爲此而嬉遊、爲此而嫉世。苟活下來、爲此不再伴隨寡母。唯獨一人是我所寄——林さん。林さん喲、在何方。我的身影。我的身影。身影在崩解。身影在消失了。身影啊、身影。林さん、林さん……」❶

（漸漸低伏下埋首無語了眞理子，後方眾人也安靜地一齊在後區望著她，非常沉靜，直到眞理子突然猛地抬頭跪坐起、聲音轉爲冷冽強硬——）

苟活下來、就是這樣——

（燈疾速暗下，促急緊張的弦樂在黑暗中迅速轉換著場內氛圍……）

第五場 「星之暗湧聯盟」結成宣言，集會與檢舉反覆，一九二七年

（音樂持續、擴染著一種不安與興奮的混合感覓。燈亮，一群人已經聚集在第二區中央，錯落地坐在自己的板凳上，專心看著各自手上的宣言，陳澤源高站在椅上、手捧宣言書面誦讀）

陳　「星之暗湧聯盟」結成宣言——「我輩之結成，爲台灣而愛台灣也。方今思想支離雜亂之時代也。本島孤懸海外，然則思想匯流、如海潮之推湧、思想之撞擊已成本島向世界奮進之助力。我輩青年之行動，當爲前輩無力者之先鋒，鬥爭之謀求，不外乎要使墮落之前輩速自反省，排擊思想空談之縱言派，只以全島行動派之合同結成堂堂進軍之戰艦。」

哲　（接續，邊唸邊離座）本島幸泊亞洲大陸之濱、帝國列島之南，今之航行，需爲解繫粗纜、航向正義自由新世界之全新旅程。我輩強調「脫帝論」乃行動唯一思想指導，此聯盟爲台灣青年有志之結成，雖則光線微明如星之暗湧，實願集結爲星象，做島嶼航程之指標——

陳　爲此，我們組織——「星之暗湧聯盟」；我們選舉中央委員：蕭士昌、官廷霖、郭雪……我們選舉幹事長：陳澤源，評議委員：林清江，我們選舉——我們選舉——我們

陳　……（聲音漸低，重重的叩門聲響起。所有人同時抬首，帶著不祥的疑懼……）

だれ（誰）？

（燈疾暗，音樂立刻跳回促急緊張的開首，另一個夜晚的組織在暗夜集結重組。燈亮，場內聚集剩四人，位置關係已重組，背對觀者，其中一人端捧另一份書面高跪著激昂朗讀——）

干　本島五百萬同胞，自諸有志受巴枯寧、克魯泡特金、布魯東等士思想改造，復受本島范本梁君意識喚醒之後，乃結合成立「星之軌道讀書會」，誓以無政府主義實行為職志以來，迭遭日本官憲之壓迫，吾等體認為維持台灣民族之生存，非驅除日本強盜不可，為驅除日本強盜，除暴動革命以外，別無他法，為此，我們組織「星之軌道讀書會」，我們選舉——我們選舉——我們選舉——我們……

（叩門聲。抬首。詢問——だれ？燈疾暗。音樂從頭。燈亮，非常微弱的逆光，場內人員達到最多，全體跨站在小椅子上，所有人方向皆錯開、位子也散開，宣言交錯在不同人的朗讀中，有時錯雜，有時互接，最後是所有人到達齊誦的情境……）

哲　本聯盟全體有志無異議通過下列宣言——同志再挫、黑旗數度倒下。

真　革命者的鮮血，已為統治者設下恐怖巷道……

陳　諸同志者，跟上吧！怯懦者莫來，誓死死守黑旗，職志與野獸統治者共擁死亡之舞……

林　吾等此生唯一目標——拓墾無仇恨無壓迫的樂土，建立共勞共享、意志自由之社會，吾等此生唯一任務：暗殺、暴動、暗殺，爲此我們組織「光之劍聯盟」，我們選舉——我們選舉——我們選舉……

（叩門聲。抬首。詢問——だれ？所有人一齊踩倒板凳。燈暗。音樂最後一次從頭。燈亮，除田中靜子外，所有人趴伏向前，單腳卡著倒放的板凳，吃力地前行，林清江在最前方——前段仍高站在板凳上——）

林　吾等黑色青年有志諸君又遭檢肅逮捕，黑色旗幟再染黑色鮮血；建立自由、公理之無政府樂土，橫阻更甚，日本強盜死前掙扎淒喊更厲。然我同志悉感運動不可一日間斷、鬥爭不可一日停止。是故吾等再度結盟，並對已受害同志組織「黑色青年聯盟」成立救援會，堅守黑旗，直至戰死，吾等呼籲：取消私有財產，遏阻資本主義及專橫帝國，建設萬人快樂的社會，吾等並要求，所有日本官吏及台灣走狗，莫要畏懼自殺，待吾等前去取汝頭顱。爲此吾等組織「光之魂聯盟」。我們選舉——我們選舉——我們——

（音樂低沉懸盪起來，眾人如朝拜般俯首前探。最後一次出現叩門，兇狠急促。眾人抬首，沒有人出聲。一小段的沉寂。叩門聲再起，更狂暴地持續著，眾人朝後方遠遠地跑開，燈漸暗。燈再亮，幽冥著的場內只剩下一名男子，他是陳澤源。他自己朗讀最後的宣言）

陳　政治無政府。經濟無政府。科學無政府。藝術無政府。文學無政府。勞動無政府。法律無政府。財產無政府。一切無政府。無政府主義萬歲。人民大革命萬歲——

（激昂的聲音戛然而止，很短的片刻內，揚昇在空中的就在高處定定地懸浮住，然而那個身體緩緩地頹傾了，手中的宣言與剛剛的聲音也就開始零落飄降……燈暗之前，女人的區位飄下一些紙片，她安靜地點煙，燈暗）

第六場　田中靜子離去，一九二八年冬

女　私は　たなかしずこゲす（我是田中靜子）——我是田中靜子。一九二八年冬天，在檢舉之後我很快被釋放，但是無論如何，終究無法從自己的罪責與愧悔中回復。即使心底清楚著，如果事情再次發生，仍然將痛苦地做下同樣的抉擇——這次檢舉的發生，是在我給林君回信的傳遞中，刻意走漏風聲所致。アナーキズム（安那其主義）是不可能的，我無法忍受那般無知的熱情終究要在歷史的曠野裡、風一樣地消散殆盡。我很高興檢舉發生了。然而背叛的陰影竟壓得人喘不過氣來？一輩子都要記得那樣的一封信了——

「林さん：時節適逢近秋，感念過往時日的殷切，來到台北匆匆已過一載，時而聽聞你的行跡與動態，心底總有一些複雜的思念、與奇異的遙遠之感。沒想到終於收到你的來信的此際，心情竟混雜著感激與愁怨。對於你提到的組織與聚會、對於你提到以同志關係重新期許於我的可能，我惶然地無法同意，拋卻了你我間的私情，無政府主義只是一把超重了的激突之劍，空想著過高了音聲的嘶喊，缺乏行動與組織實際的爛漫……，但是，八月二十七日夜裡，我仍將如約往赴陳さん之宅，出席那般令人疼惜的熱情聚會……。」

（稍停，陷入沉思……）

離開台島前夕的此刻，林さん和他的同志猶仍在獄中艱困地活著吧，我是背叛者嗎？這被稱作不道德的出賣嗎？一直到晚年抑鬱地死去，仍然不停地質問自己，然而，社會主義革命終究也是無成，只要政治制度存在、就有不義——他們這麼說——只要有不義、就有革命者。可是只要有革命者、就有背叛者，不是嗎？背叛是終身的，當統治者不再是統治者，革命者不再是革命者，背叛者終究永遠是背叛者……。我是背叛者嗎？竟然就也是浮懸飄盪的魂魄了，以為已經離去了的身形卻也從未離去，終此一生，台灣，竟是未曾稍忘的黑色眼神……

（田中靜子離去，幽暗的場內剩下陳澤源）

第七場　陳澤源

陳　（爬行到一個角落拾起另一本書，翻開，誦讀）我在尋找一位大師／讓他還復視力聽覺和講話能力／讓他再次給事物和理念命名／讓他把光從暗中分離。❷（把書慢慢闔上）我是陳澤源，三十七歲，曾被帶去地獄，我，存活了下來。我是陳澤源，一九二七年在檢舉發生之後被捕，判刑入獄，服刑二年，出獄後，愧於無法死守黑旗，愧於拋妻棄子的自責，而流放著自己，有時喬裝成各種身份，竟然像是早年自己夢裡流亡的武裝抗日者了。常常在深夜的時候趕路，走過僻遠的山林農莊，累了，常常赤足走進秧田間的淺水裡，抬頭總望見虛微散佈的星光。我是陳澤源，一九二九年冬天，走過南台灣的一處漁港，冷冽的海風中，遠遠望見一群人在岸邊，圍繞一頭被捕獵上岸的黑色、巨大的鯨；突然意識到自己的處境，該死滅了嗎？該死滅了嗎？

（彷彿極冷，全身緩緩蜷縮起來。遠處逐漸走近了眞理子，接續陳的話語——）

眞　突然意識到自己的處境，該死滅了嗎？我在海水的這一側，彷彿聽到他這樣問自己，我是眞理子、他是陳澤源、他是林清江、她是許千惠……和其他的人一樣，都是生前孤獨，死後無寄、黑色的孤魂。

（燈漸滅，音樂進）

第八場之一　真理子十九歲，離開母親的前夕，一九一七年

（燈亮，扮演優子角色的女演員披散髮、將外罩戲服拎著自暗處衝出，一站定說話）

優　我的頭髮一直掉、一直掉、一直掉。最近，常常夢到自己懷孕了，我的體內有個巨大的黑色空洞，永遠都塡不滿。頭髮一直掉、一直掉……。黑色的洞吞噬著我的血肉，整個內裡都被掏空了，我的頭髮一直掉、一直掉……。

（眞理子從遠遠的暗處也衝出，到定點說話，之後反覆……）

眞　一直一直說著那樣的話，又有什麼意義，感覺已經不是那個人的女兒了。

優　我在等待，下雪的日子才要生產。頭髮一直掉、一直掉、一直掉。體內的東西卻已經想學飛，黑色的，沒有翅膀，卻拼命想飛。還沒有生下來，胎毛已經掉光了。

眞　一直一直說著那樣的話，一直一直說著那樣的話，已經沒有了感覺，想要把所有的這些，統統去除掉。我是眞理子，十九歲。明天，就要去林桑組織的聚會，決定要去了唷。

（眞理子回頭跑進黑暗裡，優子的女演員追過去、到中場停住，轉回來……）

第八場之二　優子產下黑色的卵·變形的夢

（前區鞦韆上出現一蜷臥著的女體，「優子」懷著奇怪的不安慢慢接近，女體緩緩身展開，接著跪起，但長髮傾覆前方遮著臉，身體扭曲蠕動著，彷彿一個介於人與非人間的生物；對她說話，她也開口說話，但並不回應前者，前者之於她彷彿不存在……）

優　這樣的事一再一再地發生。

女　我已經忘了。

優　不記得在什麼時候，什麼地方。

女　我已經忘了。

優　告訴我你聽到什麼？看到什麼？

女　我已經忘了。

優　我是誰？我們有著什麼樣的關係？

女　我聽不見。

優　這樣的事一再一再地發生，我總是固定在天黑的時候，懷著巨大的恐懼不安，端著食物來到這裡。

女　我聽不見。以前有水聲、有風聲、有蚊子蒼蠅在四周飛著的聲音……

優　碰我一下、碰我一下，我碰不到你。

女　後來身體長出許多的肉瘤，瘤長長，變成一隻隻的腳，多節的昆蟲的腳。

優　我碰不到你。

女　但是沒有一隻腳能讓我移動，沒有一隻腳能讓我離開這裡。

（放棄了對回應的期待一般，演員穿回角色優子的外罩長衫、束起髮束……重新優子）

優　你已經不在我清楚的記憶中，這樣的事，一再一再地發生，我現實中的女兒，還有想像中的女兒，一起參加了同一個祕密組織，一個在夢裡不斷地回來，一個卻再也不會回來。

（優子離去，鞦韆上的女人轉過身、面朝觀眾平靜地開始盪起鞦韆——）

女　我聽到一些聲音，一些沉重的聲音，一些人走進我夢裡的房間。突然又聽不見了——我看不見，但是他們一定都還在，空氣變得冰冷、空氣變得稀薄，沒有人開口，但是也沒有人離開，安靜令人感到不安。我聞到腥臭的腐味，我吃力地蠕動，抬頭探詢味道的來源，最後，發現味道在自己身上，就醒了。

第九場　女人的會議·夢裡的夢

（田中靜子出現在另一個鞦韆上，此段以F代稱爲一非特定角色。眞理子幫她推動著鞦韆，此段則以W代稱爲另一非特定角色）

女　又夢到坐在榻榻米上的女人，已經是個中年的婦人，還一手抱著小孩、哄著他入睡，一手拿著毛筆在鋪開的紙上寫著關於組織的暗殺誓言：「爲維持台灣民族的生存，非驅除日本強盜不可，要驅除日本強盜，捨暴動革命外，別無他途，由此，我們極力提倡——」

W　暗殺台灣總督及各官公吏。

F　誰？

女　暗殺全體日本要人及官公吏。

F　誰？誰？

W　暗殺走狗及欺國欺民之輩。

女　暗殺資本家及特權階級。

F　再說一遍、再說一遍。

女　就這些人了嗎？

W　就去做。

F　就我們嗎？

女　重要的是武器。

F　就武器嗎？

女　就武器——刀啊槍啊子彈啊——

W　手！

F　就手嗎？

女　就手，還要牽戀人、還要抱小孩、還要寫詩的手——妳，還讀詩嗎？

W　我已經忘了。

F　就去想，不可以就已經忘了。

女　我記得，左手抱小孩，右手寫詩。

W　還有組織的暗殺誓言。

F　暗殺台灣總督及各官公吏、暗殺全體日本人及官公吏、暗殺走狗、資本家及特權階級。

女　什麼時候？

W　隨時。

女　用炸彈好嗎？「一顆炸彈勝過十萬本書的傳播」。

W　都好。都好。

F　感覺比較乾淨，不是嗎？你是丟出一顆石頭而已，但是把肉都炸碎了。

W　那就煮一鍋充滿香味的肉好嗎？

女　什麼時候？

W　餓了就應該去。

F　把那鍋肉和其他人的肉都炸到一塊去。

女　昨天讀到一首別人的詩：「在我最美麗的時候——」❸

W　「街市轟隆的崩潰了／在出乎意料的場所／我看見了青空。」

F　只是丟出一顆石頭而已，就炸開了。

女　你聽見了那些慘叫嗎？

F　包括小孩的嗎？連他們的小孩也不能放過嗎？

女　不是罪惡不是嗎？應該做的不是嗎？

W　喜歡做的不是嗎？應該相信的不是嗎？

F　不要再說這樣的話！我只是在夢裡聽到許多聲音，許多人走進我的房間，夢裡的房間，不是嗎？不可能是真的，不是嗎？我們只是整個世代被壓抑的最底層的幻覺，不是嗎？

W　我們不是！那些被記載下的才是幻覺，除了不停不停說著虛妄的宣言，男人們什麼都不懂。

女　「在我最美麗的時候，我非常懵懂，非常，非常寂寞／在我最美麗的時候，周圍有許多人死去了／在工場，海，以及無名島」——還有我的戀人，他在遠遠的北方，也死了。

W　那你得自己長久地活下去。

F　孤獨地活著，孤獨地活很——久，好不好？而他可以死的很熱鬧，好不好？炸成滿天滿天的碎片，好不好？還是四匹馬撕裂整個尖叫著的身體，好不好？

（F與W離去，但留下的女人似乎並未察覺）

女　他沒有死得很熱鬧，我也沒有孤獨地活很久……。我是許千惠，不知道什麼時候開始，常常看到他回來，就在我的前後四週，但是仍然宣稱他在他的北方。

（燈暗，仿能劇的音樂進）

第十場　哲雄，一九二三年到一九二七年，大北方的流放

（燈再亮起場內只剩許千惠端坐在一張椅子上）

許　於是又夢到坐在榻榻米上的自己，十七歲，初初結識てつお（哲雄）的年紀。❹

（遠遠的後方，一個黑色的身影緩緩地顯現，全場進入「夢幻能」的氛圍，遙遠的身影的遙遠的聲音——「ちえ（千惠）！ちえ！妳在何處？我的身影，身影在消失……」）

許　昨天晚上他又回來了，溼漉漉站在我面前，似乎很冷，臉色凍得發白，額頭上有一個星形的傷口……

哲　てつお——是吾人的名字，不得打聽成長背景，不許追溯過往時光、天涯的孤客。

許　榻榻米疾速地擴張變形，變成在一顆星子底下我望見的暗黑的平野，原本榻榻米與榻榻米間接縫的地方開始滲血、開始滲血……

哲　一九二三年，帶著背離島嶼的心情我來到東京；內地仍延續著戰後的不景氣，空氣中到處聳動奇怪的不安；日本共產黨非法建黨，社會主義的結社與檢舉反覆著。一九二三年秋天，關東大地震。死亡迅速地蔓生。安那其主義者的首領大杉榮夫婦慘遭軍憲殺害，驚駭與難抑的強大悲憤，人間的不義，黑色寂靜的一年，始然發現體內

沸流的無政府主義的血。我是安那其的信徒了。決定離開廢墟死城般的東京，胸中充塞巨大的孤獨與悲愴。

許　初夏南國的島嶼，斷斷續續收到他的來信，竟然如零落的雪片。我感到非常寒冷。

哲　一九二四年，仍然沒有同志，流浪之中。想念故鄉的伊，去信告知新萌生的信念，以及一個個一路經過的貧窮的村落；冬天的雪地，馳過一個驛站又一個驛站的火車收不到回信，每封信都落署發信地址：沒有終站的黑色列車。寒冷的冬天一般木訥寡言，因此沒有同志的吧；那麼，伊算是我僅有的同志了嗎？那個在遙遠故鄉傾聽著的戀人。

許　我不斷地寫著回信，無法投遞的回信，告訴他我相信他相信的，我看到他看到的，但是始終追趕不上的列車，只有殘雪，只有漸漸消散的黑色的長煙……

哲　一九二五年，渡海去到中國，在滿洲，仍然沒有目的地地繼續雪原上的火車的旅程，我變成了火車，黑色、硬鐵。爲了奔跑的持續，內裡儘是高熱的蒸汽。一九二六年秋天，終於來到北京，竟然同內地人一樣令人生厭的軍閥的國度，共產主義、無政府主義先後都已遭到打壓，台灣人范本梁和他的安那其組織「新台灣安社」已經離開，據說回島內去了。突然地失去了動能一般，驚恐而無力地意識自己已無力再離開……

許　一九二七年，溼冷的初春，收到他發自北京的最後一封信，裡頭什麼也沒寫，只有一張從舊刊物上撕下的殘破紙頁，混雜著不祥、悲憤與驚恐的心緒中，我讀著上頭刊印

哲

的宣言，一遍又一遍……「爲維持台灣民族的生存，非驅除日本強盜不可，要驅除日本強盜，捨暴動革命外，別無他途，因此，我們極力主張——暗殺台灣總督及各官公吏。暗殺全國重要人物及官公吏。暗殺偵探走狗及欺國賊民之輩。暗殺資本家及特權階級。破壞敵人一切設施……」

（在越來越無法控制的發展中，語言失序，近乎喊叫的聲音重複著最後的幾個句子……最後到達極高的情緒，爆裂的瞬間，千惠撲倒，哲雄隨即繞著場內狂奔起來。最後卻無力而頹然地跌落——激狂地吶喊……）

我死了嗎？破落陰暗的寄居之處，只剩下開始發霉的書，克魯泡特金、巴枯寧……無名的疾病狠狠地啃噬我最後僅存的精力，飢餓嗎？傷寒嗎？我日夜不停地咳嗽著，有時竟只剩下讓眼淚流出的氣力，看到牆角堆放的老舊刊物《新台灣》❺，撕去了一頁宣言寄回島內給伊的破舊的刊物《新台灣》……

（「能」的音樂在激盪中結束，最後的聲音，竟擴染出超現實的金屬的音色，宣告一般的太鼓擊出，在前二響間，哲雄消逝了身影，接著的幾響之間，千惠重新回到原來的位置平靜的等候）

第十一場 兩千年・許千惠

許 我是許千惠，公元兩千年的此刻，仍然只是生前孤獨、死後無寄的黑色孤魂・又一個華麗世紀末過去的此時，這條靈魂飄著，像是懸掛在白色瓷杯邊緣的一枚小小標籤，棉線牽連著另一端的茶袋，卻早已在暗色的茶汁內浸得太久了——從世紀初的時光到現在，我是在歷史中被浸得腫脹的茶袋。

（千惠起身，成爲一名瞎眼的老婦，緩慢地摸索前行，內室，彷彿有著高空的風寂寂地拂掠、曠野一般。她走近窗前，觸撫著窗台，是曾經熟悉的空間嗎？猶豫著，輕拂嘆息上窗玻璃貼著耳朵聆聽。決定了便專注但吃力地把窗子拉開，窗帘在她懷中擁著，偶爾將臉撫貼上去，光線慢慢打上婦人逐漸仰抬起的臉上，輪廓臉形神色在強光的直射下，彷彿仍是當年堅毅沉默的年輕少女）

許 活下來……身旁的人也都長久活下去了，長久地活下去，他們的孩子長大、孩子又有了孩子。活著，像在台北城最中心又最邊緣的角落，活著、像還有著形體又沒有了形體，安靜地看著新的政權、新的危機、新的迷失；直到不得不死去了，也沒有離開過。（起身摸索至窗下，探身窗外呼喊）我還活著嗎？（最後一次轉過身對場內）天哪，從來也想不到——世界，變成了這個樣子。

（場內光圈漸暗，千惠緩緩攀上窗台，燈漸暗，身影消隱在窗上。現世都會的路燈，龐大的嘈雜車聲湧入，稍稍泛藍的微光把拉長了的窗格暗影投射在室內空的地板上，音樂像緩緩旋昇起的高空的風；再一次，幽冥的空間，一群黑色的身影匍匐伏而進，很不清楚地恍現在即將暗滅了光的記憶的室內）

（全劇終）

——完成於一九九一年，二〇〇〇年修定

註釋

❶仿夢幻能式的獨白。

❷引自波蘭詩人塔德悟許．羅塞維茲作品〈存活者〉。

❸引自日本女詩人茨木のり子詩作〈在我最美麗的時候〉。

❹實演現場以強大的音樂及演員局部仿能劇形體動作進行，採用增田正造以大友克洋電影「Akira」主角鐵雄（與哲雄同音）為本編寫並演出的「夢幻能」，以「回想」為題收錄於山城祥二「Akira交響組曲」之中。（夢幻能：能劇中最常見之一種，現身敘述自己生平往事的鬼靈多背負悲怨憤恨，反體制而敗滅者）

❺台灣人范本梁在北京刊印的無政府主義刊物。

田啓元作品

田啓元

（1964～1996）台灣台北人，師範大學美術系設計組畢業，1988年參加全國大專院校話劇比賽以《誰怕吳爾芙》獲導演獎第一名，並由國家劇院評議委員通過，成為第一個進入國家劇院公演的學生作品。1988年與劇場同好成立臨界點劇象錄劇團，擔任藝術總監，編導多部作品，其作品多次接受國際邀約演出，為九〇年代小劇場重要的創作者之一，並被媒體喻為小劇場鬼才。

白水

人物

白蛇、路人丁（男）
青蛇、路人甲（男）
許仙、路人乙（男）
法海、路人丙（男）

全（歌隊吟唱）
是誰在那獨坐愁悵？
是誰在那暗自神傷？

白蛇 白蛇

是誰在那寸斷柔腸？
是誰在那晃……晃……輕輕晃？
是誰在那晃？
是誰在那深鎖眉？
是誰在那深爲累？
是誰在那悲、醉——
欲語還休、兩眼含淚，垂——
喂——（苦楚般）
我——（焦慮、惶恐）
我——（微慍、有力）
我——（悲切、憤慨）
我夫許仙，他不聽我言，執意要往那金山寺裡與那法海禪師會上一面。
（搖頭，明知道事情即將發生，亦無可奈何啊）
唉！想那法海，必會道破我的身世，迫我夫許仙出家渡化，拆散我夫妻二人。
喂，呀！（哀怨狀）
好端端一個平淡的家庭，無端遭此風雨，何故拆散我夫妻，何故迫我二人離異。
（白蛇心悲痛）

憶往時，黎明起，同把家務理。（回憶過去情愛）
我這廂洗手做羹湯，他那廂案頭埋首理藥方。朝暮長相守，難忘。如今，怎奈得
這獨自淒涼，喂……呀……

全　哦……（了解而同聲悲嘆）
難道，相愛，有罪？
難道，眞心相待，是一種——浪費？
難道，是這般，無怨無悔？
難道，眞有個，是是非非?!

路人丙　累、心碎、奇美……

全　甚麼是門當戶對？
甚麼是殊途同歸？
甚麼是人我異類？
爲甚麼要萬念俱灰？

白蛇　喂……（可憐的白蛇已懷了身孕）
我腹中的兒啊！母親已把淚止，切莫聲聲催，切莫聲聲催，喂……（苦笑）

路人丙　問世間何爲是非？眞教人意冷心灰！

全　莫忘江上魚躍鳶飛，莫忘池畔芙蓉出水。

路人乙　鴛鴦戲，彩蝶飛……（細說白蛇與許仙往日的甜蜜）
白　蛇　許仙他，一去數日不見人影，眞教人擔心哪，徬……徨，心慌。
路人甲　去吧！去吧！（鼓勵白蛇）金山寺裡好言向法海求個人情，出家人慈悲爲懷，也許法海會讓你們夫妻團聚，也說不定。
白　蛇　你們那裡知道，法海他視我爲妖，一心要拆散我夫妻之道，他怎肯善罷干休。（遲疑）
路人乙　去吧！至少還有個機會，說不定會路轉峰迴。
青　蛇　去吧！小青與妳一同前往，縱使那法海老妖他不放人，妳我合力殺了那個妖僧。
白　蛇　法海他法力高強，妳我二人也恐難應付，更何況我現在身內有孕，恐怕也撐不了多久。
青　蛇　那?!
全　　　這?!（苦思狀）
青　蛇　沒關係，找來蝦兵蟹將，一同前往，與那妖僧決一死戰，殺他個精光，多少也是份力量。
路人乙　去吧！切莫徬徨。
全　　　是誰在那牽腸掛肚？
是誰在那猶豫踟躕？

許　仙　是誰在那舉棋不住？
是誰在那心焦情苦？
是誰在那晃……晃……輕輕晃……晃……晃……輕輕晃——
想，我許仙，幸得那法海禪師指點迷津，挽回一命；
恨，白素貞，她不是個賢妻而是個妖怪，自作多情。
又，小青妹，與那娘子皆是蛇精，嚇得我膽顫心驚！
我、我、我金山寺，坐禪堂，誦經啊誦經。
我、我、我金山寺，坐禪堂，保命啊，保命！

全　喃摩，喃摩，阿彌陀佛，阿彌陀佛……

許　仙　（遲疑、畏懼）
她對我不好嗎？
她會想害我嗎？
蛇會長手長腳嗎？
蛇會炒菜做飯嗎？
……

青　蛇　許仙，你怎麼放心得下？

全　阿彌陀佛……

青蛇　許仙，你怎麼放心得下？
全　阿彌陀佛……
青蛇　許仙，你怎麼放心得下？
全　阿彌陀佛……
許仙　啊！
我、我、我、我不知道，
我深愛著她，但我也害怕。
我深愛著她，但我也害怕。
我深愛著她，但我也害怕。
我深愛著她但我也害怕……
白、青　（合唱）啊……
法海　許施主，心莫焦，莫回首，
勤誦經，捻三香，佛光照，
把命保。
阿彌陀佛……
許仙　她眞的是條蛇嗎？
她是個人吧？

法海　阿彌陀佛……

（法海帶著許仙對抗白蛇和青蛇）

白蛇　啊……（白蛇心泣地控訴）

人畜何處分哪，人畜何處分？

心、肝、骨、血、肉、身；

眼、耳、鼻、口、肛門。

癡心相待，無比眞誠。

問？悶！蠢……

滿腔悲憤，笨！

啊！我夫，你心好狠！

全　人畜何處分哪，人畜何處分？

天生萬物，芸芸眾生。

至性精誠，人獸仙鬼。

何分？何分？

白蛇　說甚麼人獸妖聖，要這個皮囊作甚？

願若流水江奔，永恆……永恆……（白蛇的痛心）

全　願若流水江奔，永恆……永恆……

法海　妖怪！阿彌陀佛……（譴責白蛇不守人獸分際）

全　妖怪！我祖西方佛陀，命我來，拿……妳這個妖怪，孽畜。

法海　人是人，畜是畜，天生萬物各有所處；人不人，畜不畜，綱毀紀崩生靈炭塗。自天地之初，生物混處，殘食殺戮。我祖西方佛陀點化眾生普渡，救苦救難，祥雲紫竹；妳本蛇妖一隻，理當以蛇身行世，（譴責）何故，擅化人形，魅惑人心，自取其辱？大壞綱紀倫常，亂我佛陀法輪，其心可誅、可誅！

白蛇　嗚……（嘲諷法海），好大的一篇道理，既是慈航普渡，你還分甚麼人我獸畜？（質疑何為天道）我與許仙眞情摯愛，壞了你甚麼偉大的天綱法紀？我死何足懼，白骨散天地，但我珍惜；長相廝守，白頭共敘，延香火，代代續。哈！哈！哈！（痛苦嘲笑狀）大壞綱紀，其心可誅？哈！哈！哈！天道倫常？縱——我夫妻不能比翼雙飛，我兒何辜，我兒何辜？我腹中的兒啊！我腹中的兒！縱母親九死，也不允人把你傷！縱母親九死，也絕不讓你成爲一個無父的兒郎！

青蛇　（發出不平之鳴）法海，你快把許仙放！

法海　妖怪！休得胡言。白素眞，妳愛河裡慾浪滔滔，早回頭，把妳命保！

白蛇　你明知欺我弱小，呼風喚雨，你自把禍招！

法海　妳有甚麼本事儘管使，我只當它雕蟲小技一瞧。

青蛇　禿驢！莫大言咆哮！喚來蝦兵蟹將我族同袍，風生水起我把你給閹掉！讓你當男無根，當女不成，看你怎麼混！

法海　休得胡言！（氣惱狀）

（施展佛法）

白蛇　待我救出迷途許仙，大悲心，如來教。

（白蛇有些不敵法海）

恨、恨、恨、恨他法力高；悔、悔、悔、悔當初讓許仙前來此寺廟；

只、只、只、只為身懷六甲把願香還禱；他、他、他、他點破了我大事不妙；

我、我、我、我恨妖僧心狠口刁；這、這、這、這癡心好意枉負徒勞；

是、是、是、是他負心把情拋；苦、苦、苦、苦得我兩眼淚珠老。

（白蛇強忍著身心的痛苦，決心和青蛇攜手與法海決一死戰）

江中水勢大作，怒海狂濤，淹下你這禿驢，破廟，為兒把父找！

許仙　不妙，大師！江中水聲嘈嘈，大水漫上了金山寺，禪師！這該怎麼辦才好？

法海　拿著我的袈裟，口念咒語，佛光照！

青蛇　不好了！大水被那法海給退去了。

法海　祭寶缽！

白蛇　唉呀！我兒命要保！

法海　祭缽。

許仙　禪師，當眞收了那妖畜了嗎？

法海　她身懷有孕，寶缽祭出，即被天上的星將托住，待她分娩臨盆之後，我自有定奪！

許仙　（擔心憂愁狀）那怎麼行！她定會活活的把我給咬死。

法海　你與她孽緣未了，你先行回去。待她臨盆之後，再收她不遲。

許仙　（絕情狀）不！我寧死江心，也不願再與那妖畜相見！她、她、她、她她她她她定不饒我！

法海　不妨！一切早有安排，何況有我在此。

許仙　這?!

法海　去吧。

許仙　我?!

法海　去吧！（生氣狀，氣惱許仙的軟弱）

白蛇　（身心憔悴）好一個負心漢，薄情郎！好一個避不相見，負我一片癡情相戀！蒼天啊！蒼天！

青蛇　（心疼白蛇的委屈與痛苦）妳千萬要爲腹中的嬌兒著想，妳且切莫悲傷，妳受盡折磨委屈，都只是爲了甚麼？

（想起過去與白蛇兩人的相處時光）
曾經是，仙洞裡，逍遙自樂，無故在此生非惹是！那日裡，爲情與妳相爭，技窮敗陣，從此不敢貪戀思慕，遂作主僕相稱，未敢逾矩非份！但終究是處處裡爲妳擔憂分神，不平忿忿！
（心痛白蛇和自己的情傷）
這如今，落得這般落魄心疼，我難道不恨，我難道不恨！
（痛恨著許仙的薄情寡義）
有朝一日，見那負心漢，薄情郎！
我一定要讓他肚破腸流，咬得他稀巴爛！

白蛇

不！不！
妳對我一片忠心耿耿，這一切我來世再報恩。
許仙他情薄義寡，又似怯弱無能，但他畢竟是我心愛的人。
我愛他，至孝娘親，我愛他，不貪不依。
我愛他，羞澀靦腆，我愛他，良善心田。
原只想，長相守，朝暮晨昏。
那知道，那法海毀我家門。
現只願，見許仙，把事來問，

建家園，續香煙，肯是不肯。

許仙　眼前望見那蛇二條，嚇得我是心驚肉跳，往日裡，見她是婀娜妖嬌；今日裡，見她卻是豬腸兩條。想她二人，必不肯與我善罷干休。禪師他，曾言道，我與她緣未了，有事禪師保，禪師保。
她對我不好嗎？她會想害我嗎？
蛇會長手長腳嗎？蛇會炒菜做飯嗎？
放大膽，與相見，虛情假意續情緣，直待娃兒分娩。不！不見不見，閉雙眼裝作沒看見，加緊腳，跨大步，急忙向前。

青蛇　許仙！（恨許仙如此薄情，欲取許仙命）

許仙　啊！救命啊！（求白蛇救命）

丁　是誰在那滄海桑田？

甲　是誰在那鳳痴鸞癲？

丙　是誰在那牽引紅線？

乙　是誰在那情海生變？

全　是誰在那邊……
變，變，輕輕變？
變，變，輕輕變？

丙　是誰忘卻了苦辣酸鹹？
丁　是誰妄想作人間神仙？
乙　是誰在那邊……
甲　是誰在那風掣雷電？是誰在那司命差遣？
乙　是誰在那富貴貧賤？
丁　是誰在那快馬加鞭？
全　是誰在那邊……
變，變，輕輕變
變，變，輕輕變？
丙　是誰在那低徊繾綣？
乙　是誰在那羞澀靦腆？
甲　是誰在那悲苦哀憐？
丁　是誰在那祈福還願？
丙　是誰在那汗流雙肩？
甲　是誰在那稻香米甜？
全　是誰在那邊，唸，唸，輕輕唸
丁　是誰在那寫著詩篇？

全　是誰在那邊？變，變，輕輕變？

乙　是誰在那邊……

（全劇終）

——完成於一九九三年

陳梅毛作品

陳梅毛

台灣台北人，1967年生，台灣渥克劇團藝術總監，編導作品二十齣，近年作品有《幹！一次只能爽一下》、《奶瓶在公園座椅上發酸》、《蠢禍》、《我的光頭校園》、《暈眩令人艷羨》、《阿珂》、《幫不了你》、《你乖乖坐著》、《阿彌陀佛——從雷鋒日記談起》等。《我的光頭校園》曾獲2000時報娛樂十大表演藝術獎。

我的光頭校園
My Goodness Head

劇情簡介

這是一齣「五年級生」的國中生涯回顧之作，一九七七年，在那個威權的年代，國父跟蔣公銅像看著我上學，恭恭敬敬地鞠躬，銅像這個地方禁止遊戲或喧嘩，四週植栽有稜有角整整齊齊，如同教官對學生頭髮的控制與管教標準。老師最常講的話是：「不要講話！」最常做的動作是打我們手心，主要的收入是補習費。管教與馴化，以及龐大的升學壓力，這些就是我跟你，「五年級生」，成長經驗的共同回憶。

對我而言，受軍事化教育剃著光頭上學的髮禁時代，不是輕輕鬆鬆可以過去的事情，教育體制與我們生命經驗的糾葛，是我永遠無法忘懷的，彷彿我一旦忘記，這個世代就會消失，因為我們習慣遺忘，習慣追求成功，習慣在人前表現得泰然自若。

人物

邱威傑——班導，數學老師。
黃必瑋——英文老師。
張詠明——有昏睡症的男學生，感受敏銳深受升學主義之苦跳樓自殺。
林蔚昀——綽號企鵝的女學生，被同學排擠，有自殘傾向。
賴妍希——早熟而憧憬愛情的女學生，有正義感。
小　白——浪漫的小文藝青年。
德　仔——因林宅血案而失眠的男學生。
蚊　子——娘娘腔的男學生。

第一場　晨間打掃

（觀眾進場，學生在場上拖地，濕答答的，偶爾對觀眾說老師好。背景音樂是校園民歌「捉泥鰍」。觀眾進場完畢，燈漸暗）

OS　歡迎光臨光頭校園，請將手機與 call 機收起，專心聽課，不要讓老師爲難，老師不想處罰你們，只要你們自己乖乖的，別人怎麼會打你們呢？記得喔，不要讓你的手機跟 call 機發出聲音。如果你不聽話的話你就給我出去，不要妨礙別的想聽課的同學專心上課。還有，你如果要出去的話，你就給我像狗一樣的爬著出去！

（活潑可愛的音樂進，燈漸亮）

第二場 一個不受歡迎的人

（一群學生或蹲或坐在地上，有人聊天有人玩球。小白與妍希坐檯子，小白請妍希遞情書給蔚昀，德仔、蚊子開始排擠一個人，打她——蔚昀。蔚昀一個人在窗邊站著，動也不動）

妍希　每個班級常常都有一個被欺負的同學，我們班上也有，企鵝；林蔚昀，她看起來總是髒髒的舊舊的，就像個沒有人要的垃圾一樣，畢業之後我偶爾還會想到她，不知道她現在怎麼樣？然而，當時的我們都忙著自怨自艾，沒有時間考慮別人的感受。（德仔與蚊子慢慢圍著妍希，輕聲但清楚的低語：「你幹嘛幫他講話？你是不是要跟老師打小報告？」賴妍希不理他們離開）

小白　一九七九年，我進入國中，頭髮變成三分頭，穿著像童子軍的制服……怎麼說？是的，我一點都不可愛，所有這個年紀的人都不可能可愛了，我一直不知道爲什麼我們必須活得這麼沒有這個年齡應該有的樣子，青春、活潑、有朝氣嗎？我不知道，但是我眞的這麼希望。我希望我能成爲一個對別人友善的人，我希望快樂，別人（看蔚昀）也因爲我而快樂。

（燈漸暗）

第三場　不要講話

（黑暗中，突然傳出一聲：「不要講話！」，燈漸亮）

必　瑋　不要講話！剛才講話的舉手。舉著上課，不准放下！你們班眞是一點規矩都沒有，上週全年級秩序第幾名？

妍　希　報告老師，第二名。

必　瑋　爲什麼沒有拿到第一名？

小　白　報告老師，因爲有同學午休抬頭被扣分。

必　瑋　誰？午休不好好睡覺，抬什麼頭？

蚊　子　報告老師，是林蔚昀。

必　瑋　蚊子，到講台前來一下。

（蚊子走到講台前）

必　瑋　蚊子，誠實是好事，但做人只有誠實是不夠的，男人就該有男人的樣子，不要講話娘娘腔！回去坐好！

蚊　子　謝謝老師。

（蚊子回到座位）

必瑋　林蔚昀！

蔚昀　有！

必瑋　這節課你給我站著上！精神那麼好。好，其他同學手放下。

（同學把手放下）

必瑋　舉起來！你們忘了說什麼？

同學　謝謝老師。

必瑋　大聲一點！

同學　謝謝老師！

必瑋　好！我們繼續昨天的課程……。

（老師講課的聲音漸小，張詠明從睡夢中醒來）

詠明　從上國中開始，我就像得了昏睡症一樣，不由自主的，在每一堂課中不停的睡著，夢中，卻沒有任何跟現實不同的事情發生，我總是夢到我還在學校，就在這間教室，就在這個位置上，專心的聽課，（漸漸起身，老師與蟬聲都漸漸消失，照著詠明的燈光越來越強，然後開口接著說）沒有一次例外。是的，連夢都是在學校裡，這讓我很難過，漸漸的，我開始害怕睡著，最後，我總是靜靜的坐在這個位子上，沒有醒來也沒有睡覺，不停的做著各式各樣的白日夢。

（燈暗）

第四場　師生對談（1）

（黑暗中傳來敲門聲，燈漸亮）

邱威傑　請進。

（德仔進來）

邱威傑　坐下。你這次段考爲什麼考這麼爛？你爸媽看過成績單了沒？

（德仔坐下，搖頭）

邱威傑　還算知道羞恥啊，眞是有夠爛的，ㄏㄚ，爲什麼考這麼爛啊？

德　仔　考前睡不好。

邱威傑　爲什麼睡不好？

德　仔　怕有人到我家。

邱威傑　誰會跑到你家？

德　仔　不知道。

邱威傑　不知道？胡思亂想！老師上課怎麼說的，學生的本分就是好好吃好好睡好好讀書，你不做虧心事半夜怎麼會怕鬼敲門呢?!你考這麼爛很嚴重せ，從第五名掉到

德仔

二十名，ㄏㄚ，老師是教數學的很重視統計數據，老師分析給你聽，我們學校有十二個班級每個班級五十個人總共六百人其中能考上前三志願只有五十人什麼意思就是你如果考前五名還可能有機會吊車尾上前三志願，ㄏㄚ，你現在考二十名想幹嘛，去掃水溝啊?!你剛才小學升上來你不知道，小學啊你隨便考隨便爛沒關係，國中的成績會跟著你一輩子！將來工作求職工廠老闆都會來學校查成績你知不知道！這麼爛！尤其數學是老師教的，考這種成績真的很汗顏啦。唉，老師看你有心補救……老師跟你說老師在外面自己有開個補習班，這個你拿回去給你爸媽，趕快交錢，我跟你說ㄛ很多老師在補習班講的上課不一定會講，這是老師在自己家地下室開的座位不多七、八十個座位而已，你有心就趕快報名。

謝謝老師。

（德仔離開，燈暗）

第五場　白日夢

（「楚留香」音樂進，燈亮，小白拿出麥克風跟著唱，間奏時說出自己的白日夢）

小白　希望我以後能跟楚留香一樣，高高的、帥帥的，還有很多女生喜歡我……。

（德仔拿過麥克風搶著說出自己的心事）

德仔　那天我去算命，算命的說我很叛逆，他說，簡直就跟施明德一樣。

（音樂停，所有人慢慢轉頭驚奇的看著德仔，恐怖片音效進）

德仔　民國六十八年，西元一九七九年，我國一，十二月十月發生美麗島事件，電視整天播出一個叫做施明德的男人的照片，要我們一看到他就馬上報警，我還記得那天放學時，降旗之後，校長一副語重心長的樣子，要我們全體同學記得保持高貴的愛國情操，他說……

OS　各位同學，請稍息，你們還記得我們如何被共產黨竊據大陸國土嗎？一些年輕學生如何被野心份子利用來攻擊政府嗎？今天我們國家發生了一件無知群眾被煽動利用攻擊我們政府的暴行，在我們只剩下最後台澎金馬反共堡壘的此刻，我們必須團結一致，捍衛國土，把這些企圖害我們家破人亡的野心份子繩之以法，千萬

德仔

不能掉以輕心，要知道國家興亡匹夫有責……

隔年，一九八〇年二月二十八日，林宅血案發生，我不知道這到底是怎麼回事，但是說實話，我也根本沒有辦法知道是怎麼回事，電視報紙說得不清不楚，而且，一直都沒有破案不是嗎？我，一個國一的學生，怎麼知道眞相？但是我卻從心裡感到害怕，怕什麼？我不知道，我就是害怕。怕有人到我家來，突然殺了我奶奶、我爸爸、我媽媽、我姊姊、我哥哥、我弟弟、我妹妹、我家小白，整整有一個星期，我都不敢睡覺，注意聽有沒有人進來我家。

（燈暗）

第六場　師生對談（2）

（黑暗中傳來敲門聲，燈漸亮）

邱威傑　請進。

（小白進來）

邱威傑　坐下。你知不知道老師爲什麼找你來？你最近有沒有做什麼特別的事？

小　白　沒有啊。

邱威傑　我是說可能違反校規給自己惹大麻煩的事？

小　白　沒啊我最近都很乖啊。

邱威傑　那這是什麼?!

（邱威傑拿出一封信）

邱威傑　這是英文老師上課撿到拿給我的！你寫這什麼意思？

小　白　就裡面那個意思……。

邱威傑　你以爲這是眞情流露?!你知不知道這個東西拿到女生班一坨女生笑成一團，那個女生羞都羞死了，拿到辦公室所有老師都在傳閱，好像我沒有把學生教好，丟人哪！

小　白　可是老師……電視不是說愛她就要讓她知道。

邱威傑　什麼？愛他讓他知道？你愛他我就給你爸媽知道！

小　白　老師不要！

（邱威傑親近的拉近椅子靠近小白）

邱威傑　老師跟你說老師也年輕過，不是一生下來老師就這麼老，老師都明白，這一次老師就原諒你，那，你把這個悔過書塡一塡，就當契約給簽了，老師念什麼你就把它寫下來，知不知道？好，來……。我，小白，從今以後再也不寫情書，也不和女生談戀愛……。

小　白　老師，那我以後只能和男生談戀愛囉？

邱威傑　你搞笑啊？繼續寫……。如有違反，願受校規最嚴厲處分。

小　白　老師，什麼是校規最嚴厲處分啊？

邱威傑　記過啊，記過很嚴重啊，今天我打你打得半死，你不過今天痛一痛明天有個傷口後天你就忘光光，記過啊很嚴重，會跟你一輩子！你以後出社會工廠老闆都回來學校查，記過，你會連個科長都昇不上去！

小　白　老師！拜託你！不要記我過！

邱威傑　好好，你趕快簽個名。這悔過書老師會好好收著，以後不要再犯，再犯我保證不但照你寫的給你記大過！還拿給你爸媽看！好了，這個情書還給你，不要拿出去炫耀啊，很丟臉的啊。好了回去上課。

小　白　謝謝老師。

（傳來敲門聲，小白起身）

邱威傑　請進。

（賴妍希進來，小白離開）

邱威傑　你，最近還好嗎？功課有沒有問題？

妍　希　老師教得好，我都沒有問題。

邱威傑　跟爸媽還好嗎？

妍　希　都很好。

邱威傑　身體呢身體還好嗎？

妍　希　感冒好了，謝謝老師關心。

邱威傑　那，妳爲什麼要寫「這種信」給老師？

妍　希　老師……，我喜歡你。

邱威傑　你是在開玩笑還是認眞的？

妍　希　你認爲呢？

邱威傑　老師跟你講，有學生喜歡老師或是老師受歡迎老師是很高興，可是……這樣是不對的，你懂不懂老師的意思？

妍　希　老師，我懂，我知道師生戀是不被社會接受的，破壞人家家庭也是不道德的，所以我並沒有要求什麼，只是希望給老師一個紀念……。

（賴妍希拿出一個護身符送給邱威傑）

邱威傑　這，你，收回去，唉奇怪せ，老師以前教小學生天真無邪都沒有問題，現在教國中生眞是，校規不是寫得很清楚嗎？禁止男女生不正當的交往，何況我還是老師！這種事老師想都不敢想，這不但會給你自己惹麻煩，還會害老師身敗名裂你懂不懂？你收回去。

妍　希　這只是我小小心意啊……。

邱威傑　唉不可能就是不可能，不要想違反校規的事，學生的本分就是好好吃好好睡好好讀書，唉，反正不可能啦！

妍　希　可是我有愛你的自由。

邱威傑　自由?!什麼自由?!你們國中生在法律上連個人都不算是，不能簽契約，不能負責任，談什麼自由？

妍　希　可是愛一個人沒有錯！

邱威傑　對，對，沒有錯，啊我談不過你們這種女學生，你回去，我找個女老師再跟你談！

妍　希　老師我恨你！

（賴妍希離場，燈暗）

第七場 消極抵抗法

（燈亮，張詠明在睡覺，林蔚昀站在窗邊）

蔚昀 我從來不跟同學講話，因爲我不喜歡這個學校，我也不喜歡這些同學，我喜歡我以前的小學同學，可是他們並不念這間學校。媽媽說這間學校比較好，所以遷我的戶口，讓我來這裡念書，我沒有辦法抵抗，可是我決定不跟這裡的人說話，一個月兩個月，我開始覺得寂寞，可是同學們也已經習慣不說話的我了，我不知道該說什麼才好，這個時候才開始說話，只會被他們取笑而已。

（德仔跟蚊子從窗户探出頭來）

兩人 唷，想講話啦？……妳不是都不講話的嗎？

（賴妍希進來）

妍希 夠了沒？你們幹嘛欺負她？有種去欺負張詠明啊？

兩人 唷，張詠明跟妳什麼關係啊？拿他當擋箭牌幹嘛啊？

（賴妍希憤而離場）

蔚昀 我很羨慕張詠明，雖然他整天都在睡覺，可是沒有人敢說他，聽說他哥哥是混幫派的，所以大家通常也不敢惹賴妍希，因爲張詠明喜歡賴妍希，除非她幫我說話，大家才會跟她鬥嘴，但是即使他們是在鬥嘴，我還是會感到羨慕，我也想跟他們鬥嘴……。

（林蔚昀看向德仔跟蚊子）

蔚昀　幹！

兩人　喔……罵幹ㄝ……來！再大聲一點！

蔚昀　幹！幹！幹！

兩人　再用力一點！

蔚昀　幹！幹！幹！幹！幹！

詠明　（突然起來）幹！吵啥小啊？吵得妳爸攏免睏！幹！

（張詠明翻頭再睡。德仔跟蚊子縮回窗户。悲壯的音樂進）

蔚昀　從這時候開始，我心裡充滿了一種悲壯的感覺，我知道我是不被了解的，這讓我難過沒錯，但是我又感到自豪，這樣堅持著自己的理念，不計較得失，不在乎一時的榮辱，我開始想像，一個悲壯的愛情，可能所有的人都不會贊成我們在一起，但是我們就是深深的愛著對方，即使全世界都反對，我們的愛情卻永遠不變。

（小白在窗邊出現，向蔚昀告白，「倩影」音樂進，兩人偷偷親吻，牽手一同隨

著音樂唱歌。突然音樂停止，林蔚昀的爸爸（黃必瑋分飾）出現）

林父　不要臉！書不好好念，妳居然在這裡給我談戀愛！

（林父一巴掌打去，蔚昀倒下）

小白　求求您成全我們吧！爹！

林父　誰是你爹啊？你什麼東西！

（林父一巴掌打去，小白倒下。林母（蚊子分飾）進場）

林母　老爺別再打了，她可是我們唯一的女兒啊！

林父　都是你沒把女兒教好！

（林父一巴掌打去，林母倒下，女傭（賴妍希分飾）進場）

女傭　老爺，別生氣了…都是我的錯，都是我沒有看好小姐！

林父　我很生氣！

（林父一巴掌打去，女傭倒下，書僮（德仔分飾）進場）

書僮　老爺，別生氣了…都是我的錯，都是我沒有看好我們家少爺！

林父　你是誰啊？

（林父一巴掌打去，書僮倒下，林父離場，所有人哭成一團）

衆人　愛情，爲什麼總是讓人嚐盡痛苦？爲什麼我總是相信在這痛苦之後必然有甜蜜？

（黃必瑋拿著教鞭出場，所有人起身排隊到他面前）

蔚昀　因爲痛苦能讓我們有好的將來。

必瑋　沒錯。（揮下教鞭）

蔚昀　謝謝老師。

小白　我們必須這樣相信。

必瑋　早就該相信了。（揮下教鞭）

小白　謝謝老師。

妍希　要不然這一切就完全都沒有意義了。

必瑋　考五十九分當然沒有意義。（揮下教鞭）

妍希　謝謝老師。

（所有人輪流排隊到他面前打手心，燈變，張詠明起身）

詠明　我夢到我在旅行，在火車上，黑暗的車廂中，看不到路旁的風景，火車直直的朝著一個方向前進。身旁有些跟我同樣年齡的人，我沒有辦法跟他們聊天，他們不停的看著書，火車不停的奔馳，我感到非常非常的沉悶，我想打開窗戶，但是他們突然一起把書放下看著我，用嚴厲的眼神制止我，但是我還是打開了，外面仍然是一片黑暗，黑暗中，逐漸出現一些發光的東西，還有音樂。

（「惱人的秋風」音樂進場）

詠明　我知道，我並沒有離開這個痛苦的旅行，發洩，只是痛苦的另一種表現。

（同學與老師停止，小白將老師搬走。大家圍著詠明成一個圈弧跳舞，詠明在其中站著拿螢光棒狂舞，漸漸燈暗，黑暗中音樂繼續，突然妍希驚叫，音樂break out，燈漸亮，所有人，看著天空。詠明的襯衫慢慢掉下。齊秦「大約在冬季」音樂進，妍希一個人慢慢蹲下來哭）

妍希　一九八二年，我國三，我們班有個同學在學校跳樓，報紙跟新聞播了兩三天之後，一切都跟以前沒什麼兩樣，我們仍然每天在考試，只是，班上空了一個位置，沒人要坐那裡，老師也沒說什麼，它就在那裡，一個空的位置。上課中我偶爾忍不住回頭，似乎會看到他仍然在那裡睡覺，但是沒有，他沒有在那裡。但是我總是好像看到他，對我微笑，說我沒事，放心，你也不會有事的。可是沒有，他沒有這樣跟我說。

（妍希走到詠明的位置坐下，燈暗）

第八場　師生對談（3）

（黑暗中傳來敲門聲，燈漸亮）

邱威傑　請進。

（林蔚昀進來）

邱威傑　會不會緊張？不要緊張ㄛ，老師只是跟你個別聊聊溝通溝通。最近還好嗎？

蔚　昀　嗯，很好啊。

邱威傑　功課呢？有沒有問題？

蔚　昀　沒有啊。

邱威傑　我是說，有沒有父母失和，同學欺負你這樣的狀況？

蔚　昀　沒有啊。

邱威傑　或者是對老師上課態度教學方法有問題？

蔚　昀　沒有啊。

邱威傑　你的意思是最近都很開心就是了？

蔚　昀　是啊。

邱威傑　好，那，你把左手給老師看一下。

（林蔚昀把手放到身後）

邱威傑　沒關係啦，給老師看。

（邱威傑將林蔚昀的手拉出，上面是一道一道的刀疤）

邱威傑　怎麼割得一條一條的呢？好好的一個女孩子幹嘛這樣？老師跟你說，一個女孩子漂不漂亮不重要，俗話說一白遮三醜，女孩子就是要把皮膚照顧得白白嫩嫩的，將來不管求職找老公都會很有用的。你看看你現在把自己搞成這樣，唉，老師看了都心痛啊！你為什麼要這樣做呢？

蔚　昀　就高興啊。

邱威傑　高興？一個正常人高興哪會這樣做。會不會痛？

蔚　昀　不會啊。

邱威傑　不會？正常人怎麼割成這樣怎麼會不痛？你跟老師說實話……你，是不是神經病？

（一直低著頭的林蔚昀突然抬頭看著老師）

邱威傑　老師跟你說，老師沒有歧視或是不好的意思，只是一個學生如果染上神經病，這不是學校可以解決的事，老師要打電話告訴你父母，這樣應該要送醫院。

蔚　昀　老師你要趕我走？

邱威傑 不是！老師怎麼會趕自己的學生走呢？只是染了神經病就應該到醫院去……。

（必瑋進門）

必　瑋 小邱！我們補習班招生……，咦？這不是林蔚昀嗎？她怎麼了？

邱威傑 你看，把自己割得一條一條的。

必　瑋 怎麼會這樣？她是不是有神經病？喔，林蔚昀，你不要誤會喔，老師沒有歧視的意思……，那，小邱，我晚點再來找你。

（必瑋離開）

邱威傑 你看，英文老師也很關心你，我們老師都是一樣的。說眞的，神經病這種事是種污點，會跟著你一輩子！唉，老師看你是初犯也不想馬上就送你到醫院害你一輩子抬不起頭。前陣子學校發生張詠明的事，老師今天會找你談，也是因爲這樣，校長已經特別交代指示下來，要針對任何特殊的、需要輔導的學生做個別輔導、疏通一下，以免再次發生張詠明這樣的事。老師希望，你可以跟老師保證，不再做這樣的事，你這麼做不但害了自己，也害同學都很害怕，還可能給學校惹麻煩，知不知道？不要再這麼做嘍！好！那這件事就算了，老師今天找你來其實還有另一件事要跟你談一下。你，跟我們班小白是什麼關係，你們是不是在談戀愛？你不願意說沒關係，老師跟你說小白之前就寫情書給我抓到過，還不是寫給你的唷，我叫他寫了悔過書，我可以拿給你看，他要是再犯我會記他過，男生記過和女生記過不一樣的，你們女生記過將來老公也不會來學校查，男生記過很嚴重的，是一輩子的污點せ，你們女生眞的要自重一點、檢點一點，不要害了人家男生的大好前途毀了人家一生啊！好啦，老師今天言盡於此，希望你都有把話聽到心裡，上課已經十分鐘了，趕快回去上課。

蔚　昀　謝謝老師。

（蔚昀離開，邱威傑到窗邊抽菸）

邱威傑　唉！老師眞不是人幹的。

第九場　快樂的上課

（音樂進。燈亮，同學們在拖地）

蔚　昀　國中畢業後，我將畢業紀念冊撕掉，再也沒有跟任何同學聯絡過。後來，我終於了解一件事情：學校，不是一個讓我們變成好人的地方，不是一個可以快樂學習的地方，我們在學校學會了階級，A段班，B段班，學會了悲壯，學會了不說實話。我記憶中唯一一次快樂的上課，是國一的家政課，因爲後來的家政課都是英文跟數學了，那次家政課，老師叫我們做點心，那是我第一次自己做食物，跟同學彼此品嚐對方的作品，我很想再上這樣的課，我想做義大利麵，潛水艇三明治，蚵仔麵線，甜不辣……但是沒有，永遠只有英文跟數學，永遠只有考試，永遠只有一個目標在前面，沿途沒有風景，沒有人跟我聊天，沒有人問我想不想坐這班車，車子一直前進，我想下車，可是車子很快，一直跑一直跑一直跑，車子沒有停。

（燈暗）

第十場 愛國脫衣舞

「中華民國頌」音樂進，燈亮，演員緩緩脫掉制服，丟在地上，出場。留下一地雜亂的國中制服，燈暗。

謝幕

費玉清晚安曲音樂進，燈亮。

演員穿著自己的衣服進場謝幕，結束。

（全劇終）

——完成於二〇〇〇年

王嘉明作品

王嘉明

上海市人，1971年生，台灣大學地理系畢業，目前就讀台北藝術大學劇場藝術研究所導演組。近年來編導作品頻繁，活躍於表演藝術界，現為「莎士比亞的妹妹們的劇團」主要成員，曾獲國家文化藝術基金會補助個人創作。作品領域涉及劇場、影像、舞蹈、兒童音樂劇場、文字等不同面向的實驗。曾擔任各校話劇社團指導老師，除劇場外，並涉足廣告、MTV的演員指導和副導等職務。

默默……

說明：整齣戲由二人扮演，劇本中A是殺人犯，B則是飾演圍繞在A周遭的各種角色，場次演出順序可自行調換。

序場　釘在漩渦裏的迴旋曲

舞曲。燈亮。

兩人正在一起跳舞，華麗地。

第一場　綜藝的分貝一五七

（B是受害者，被綁在椅子上，位置由導演決定。A坐著，背對觀眾）

A　我不知道怎麼開始的？就像所有人一樣：一旦跳進激烈的河流中，除了盡量讓自己浮起來之外，已經沒有辦法思考其他的事，只能被冰冷的速度撕裂，或被帶到不知名的地方……

（頓）

默默無名的河流，飄著默默無名旋轉中的屍體，正在浮腫脹大的物體，被命名但無法分類的新生物——

（頓）

爲什麼工作？爲什麼結婚？看著小孩一天天的長大，心中的疑慮和問題，像培養皿中分裂繁殖的病菌，跟著小孩一天天長大。

（頓）

看著還只是一個抽屜大的小孩時有一種莫名的喜悅，莫名的，不知從哪裡來的，也不知爲何會這麼的……快樂。

當然了，我並不會把我的小孩放在抽屜中。

（停頓）

（A回想）

在搖籃中，沉睡的臉、哭鬧搖晃的身軀、皺皺紅紅的臉皮、露出沒有牙齒的笑容，他的小天地裡，放了我幫他買的小玩具、小衣服、小鞋子、小襪子，許許多多小小的；但剛剛好的小東西，我的小孩，從我身上分裂出的小肉球，正在學習與成長，如果要分類的話，這是屬於神聖的喜悅，跟在酷熱的夏天，喝一杯裝滿冰塊的可樂的喜悅是不同的，看著他，沉浸在喜悅裡。

（停頓）

只是一個念頭——

（頓）

就活到今天吧！

（停頓）

（B呻吟聲斷斷續續出現）

我很好奇地，切斷他的喉嚨……

（停頓）

看著由他頸動脈飛奔出來的血的弧線，他全身抽動的頻率，臉上嬌嫩的皮膚，極盡所能的扭曲，因爲還不會說話，所以能夠完全，而且純粹地體驗，死亡的過程。「未來」、「希望」、「人生」、「目標」、「愛情」……這些詞從此對他失去意義，這背後……有什麼涵義嗎？我陷入柔軟舒緩的沉思中，欣賞著我的作品，既疏離又投入——

（停頓）

（A走入上舞台，B掙扎）

A　看著我，來深呼吸。

（沉默）

A　我問妳幾個問題，第一題：我眞的曾經有過小孩嗎？如果有，我眞的殺了他嗎？
沒有小孩，請點頭。
有小孩，但沒有殺他，請眨眼睛。
有小孩，但殺了他，請妳流下一顆眼淚。

（沉默）

（B流眼淚）

A　謝謝你爲我兒子流的眼淚，妳是溫柔，有慈悲心的人。

（A撕下B的膠布）

B　你要什麼？放我走……我家沒有錢……

A　要我借妳嗎？

B 我不是這個意思。

A 我知道。第二題，

（停頓）

B 妳猜，我是什麼星座？

A 說了你會放我走嗎？

B 我還有其他的問題，等問題問完。

A 你很寂寞嗎？

B 妳得先回答我的問題——

A 獅子。

B 獅子座，跋扈、自以為是、不喜歡認錯、好大喜功、愛慕虛榮……

A 恭喜妳，妳猜對了，滿有研究的嘛，其他呢？

B 什麼？

A 因爲只看太陽是不準的，還要看月亮、金星、上昇、水星……

B ……我不知道，我不知道，……

A 不用緊張，我不是要刁難妳，那我提示我出生的日期？

B 我只是隨便猜的，我不知道，不知道……

A 安靜，安靜。

（停頓）

B 這樣太情緒化囉！嗯。那，換妳告訴我妳的時辰。

（停頓）

A 爲什麼？

（停頓）

B 爲了了解妳啊！

A 一九七八年五月三日。

B 喔！金牛，固執、沒有安全感、自以爲是，動作慢又懶惰，但對美及藝術有高度鑑賞力……

（停頓）

A 那金星應該是在感情最輕浮的雙子，水星在牡羊，火星、土星都在獅子，妳很多火象喔！領導和控制別人的慾望都很強！妳的上升呢？幾點出生的？

（停頓）

B 這很重要喔，譬如如果妳是下午七點出生，雙魚在第五宮就傷腦筋了。

A 我不知道，眞的不知道……我上升在雙魚、在處女、在魔羯又怎樣？如果在天秤，我是不是就可以回家？或是在巨蟹，我就只是和你擦身而過的路人？你了解我要做什麼？你從我的星座上看得出來我不想再見到你這王八蛋嗎？……放我走。

（沉默）

A 對不起，我以為，每個人都喜歡算命。

（停頓）

我幫妳按摩好了。

（A幫B按摩，B掙扎）

放輕鬆，妳知不知道蒸龍蝦前，要先幫它按摩，這樣蒸完後，才可以一次把整條肉抽出來。

（B大叫）

我只是想聊聊，沒有其他的意思。

（停頓）

妳哪裡畢業的？

B 東方工商。

A 喔，楊林也念那裡，我以前很喜歡她，妳呢？

（B搖頭）

（停頓）

A 她有一首歌……

（開始哼楊林的歌）

B　ㄟ？有人暗戀妳嗎？

A　放我走！

B　不要緊張，安靜點，深呼吸。

A　不要……放我走……

B　不要緊張，安靜點！

A　不要……不要……不要、不要、不要！

B　安靜安靜安靜安靜安靜……

（A猛刺B，B死。A狂吼）

（沉默）

A　爲什麼？

（停頓）

A　總要在這時候才安靜的下來？

（沉默）

（A在舞台上來回踱步，一分鐘後B拿西瓜走近A，欲拿給A吃，A搖頭，B自己吃）

A　一個好的作品是不應該如此自溺而沒有美感。

（停頓）

抱歉，我太衝動了，但是，妳要知道，是妳的恐懼造成自己的死亡。

（B點頭）

A 不要那麼情緒化，懂嗎？我們再來一次。

（B回椅子，B換一種演法，繼續）

B 有人暗戀妳嗎？

A 電機三丙的王大爲喜歡我，我們都叫他……David。

B 妳對 David 有感覺嗎？

A 有一些吧。

B 那妳怎麼不試著交往。

A 沒緣分吧？

B 如果妳已經沒有時間有緣分了，會不會後悔？

A （停頓）

B 什麼意思？

A 會嗎？

B 不會！

A 爲什麼？

B 其實，我根本不相信緣分。

A　是因爲妳認爲不存在緣分這樣的天意嗎？還是……

B　不是，是用法的問題。緣分只是逃避現實的人的藉口，他們會說：「唉呀！如果有緣分就會在一起啦！」只是那些不願付出的人，苦苦等待的救贖，他們會說：「如果有緣分，就會在一起。」只是一次又一次外遇，一次又一次換愛人，不願對感情負責，貪心的人的麻醉劑，他們會跟每一次的愛人說：「如果有緣分，不管幾年後，我們就會在一起。」

A　呵！妳我的相遇也算是一種緣分吧！妳認爲呢？我們是不是已經在一起了？

（A拿出槍給B）

第三題，妳會扣下扳機嗎？扣下去有沒有子彈？如果有，我會死嗎？

（沉默）

好，這題放棄。

（A拿回槍，停頓，A射B的膝蓋，B哀嚎）

反正妳現在坐著，應該沒有差吧？我幫妳局部麻醉。

（A幫B注射麻醉劑）

我正在幫妳注射緣分呢！

（A幫B纏紗布）

我這裡還有一管麻醉劑，所以妳還有一次緣分。

（停頓）

A　不痛了吧。好，第四題：妳前面有槍、刀和繩子，妳會選擇哪樣東西把我殺掉？

（B喘著氣）

（停頓）

（A扳開扳機）

B　繩子！

A　對嘛！回答就沒事！如果是我，我會選刀。那妳會選擇哪一種繩子？

（停頓）

B　童軍繩。

A　嗯，妳很念舊囉？其實選童軍繩，表示妳是很浪漫的人。做愛時，很重視前戲，對妳而言，氣氛最重要！調情過程起伏的樂趣遠大於性高潮瞬間的歡愉。所以，你並不適合婚姻。因爲你享受追逐時眉來眼去的快感：慢慢地拆除對方心防，慢慢地褪去衣裳，慢慢地折磨對方，慢慢地看著情人顫抖，瞳孔擴大，春心蕩漾。慢慢地看著情人陷入昏迷，倒在妳懷裡，陷入失控的瘋狂。而你也開始醞釀下一次的……浪漫。你最適合從事政治、演藝事業……

B　等一下。

（B因爲移動，呻吟了一聲）

A 怎麼了，還痛嗎？這管打下去妳我就沒緣分囉！

B 不是，還有幾題？

A 妳有玩過走地圖的遊戲嗎？

（B搖頭&虛弱）

A 先吃塊西瓜吧！

（A餵B吃西瓜，B吃得滿嘴都是）

A 就是那種捲起來的地圖，妳一開始要選一條路，然後走，地圖跟著慢慢展開，常常會走到，「啊，有食人魚！」「掉到火山冂，拜拜！」或是「毒藥，妳因爲得不到愛人的心而自殺了。」當然運氣好，走到捷徑，很快就拿到寶藏。「恭喜妳！得到愛人的心和她的身體！」

B 那我離寶藏還有多遠？

A 我也不清楚，這路好像越來越複雜，方向應該沒有錯，我想……看緣分吧！妳猜，寶藏會是什麼？

（停頓）

B 上路吧。第五題：申論題，就說說妳的童年吧！這樣下去會沒完沒了的，問完童年，然後呢？再來是青春期嗎？還是我各種的第一次？你是眞的想了解我嗎？還是你以爲你在關心我？你根本就不打算放我走！

（停頓）

A 這與答案無關，我是眞的關心妳。

B 你只是利用關心我，建立你慈悲的面貌！噁心！你這自欺欺人的騙子！

A 我不喜歡被人誤解，而且，妳又太情緒化了！

（A扳開扳機）

B 我寧願誠實的情緒化，也不要虛僞的理性。而且你，不也一直沒回答我的問題，不是嗎？

（頓）

A 問題？

B 你很寂寞嗎？

（沉默）

A OK！基本上，這是一個爛問題，任何的答案都很噁心，雖然，有關這方面的書籍都很暢銷。

（停頓）

好吧！爲了公平起見。

（A給B槍，對準A的大腿）

瞄準好！

（B開槍，A哀嚎在地上打滾，A拿出麻醉劑自我注射）

（停頓）

A

過癮吧！

（A用膠帶纏住B的嘴）

不過妳我已經沒有緣分了！很抱歉！如果是我，我會選藍波刀，就是那種有血溝和倒勾鋸齒狀，可以勾出內臟的刀。表示這個人體貼熱情，說話時掏心掏肺地純眞，作事時肝腦塗地的忠誠。容易以強烈的男子氣概吸引異性，浪漫對他而言是一種不切實際的事情，或是換另一種說法，浪漫是完美地滿足生活中現實的層面。作愛和作戰一樣，衝鋒陷陣，喜歡變換不同的體位。因爲這種人喜歡在眞誠的吼叫聲中，掀起表皮之下最活潑美艷的五臟六腑，讓大片的鮮血四散狂奔，讓情人能在一瞬間得到最強烈如花火般的滿足。適合從事記者、警察、演員……很準吧！

（停頓）

（燈開始慢慢暗）

我們現在進行最後階段吧！歡喜抽獎對對碰，極樂世界任妳遊！

（暗乾淨後，槍聲）

第二場　望向懸浮粒子的軌跡

（在PUB裡，嘈雜的音樂，殺人犯A向偷渡業務員B拿宇宙船票）

A　您是？

B　是的！

A　太空船票？

（B拿票給A）

B　後天，下午二點三十七分，東方星際航站，編號XTU32，直達天鵝G7恆星的——

A　柏利城。

B　嗯！柏利城，自轉一周八十三小時，公轉一周需七二四個天鵝日，白天時間只有二十七小時三十七分，氣溫攝氏零下二十一到五十七度，日夜溫差大，重力為地球的三十七分之二十一，空氣品質佳，無有害氣體，氧氣百分比百分之七十七點七，全面禁煙，嚴禁火、電，食物一律生吃。

（停頓）

A　嗯——這票——可不可以……

B 抱歉！已無法退票和更換，這是當地地圖、星際身分晶片，上太空船前和水一起吞下，不要配可樂、咖啡和麥當勞食物，它會自行順著血液留在你腦垂體裡。這是租屋優惠折扣券、一星期的交通卡、食物券和工作介紹所免付訂金的優惠證明，讓你找到工作爲止。這是觀光指南。那裡有很多我們無法分類的珍禽異獸。在柏利城除了黑夜，沒有一個東西是黑的。

A 那我到那兒一定很珍貴囉，呵呵！

（B面露無聊狀，繼續報告）

B 西北邊的坎特伊湖森林公園一定要去，湖水是膠狀清澈的粉紅色，四周有聲音悅耳的琴鳥樹，乳白色的樹枝上長滿各種五顏六色美麗的鳥頭。

A 聽起來蠻噁心的？

（頓）

（B完全不屑，漸漸陶醉在自己的描述中）

B 還有會在湖面上滑行黃綠相間的靈輕斑馬，全身長滿水藍色鱗片的雪花鹿，每隻半透明的鹿角跟雪花一樣有不同的結構，各種螢光色系的螺旋體植物圍繞湖邊生長。小心不要踩到！每個植物上都有顆翠綠色的貓咪頭，風大時，湖畔充滿淒厲的貓叫聲。在公園裡尤其要輕聲細語，不然會嚇到高一〇七公尺的彩虹長頸獸。

A 三十五層樓啊？

B　他身體只有三公尺高，因爲他有六種不同顏色的血管，看到其他生物或是閃電和浮雲就會害羞，每次一害羞，頭就埋在湖裡。彎彎高聳的脖子像是一道彩虹。

A　會吃人嗎？

B　不會，那裡的生物都吃素，死後身體會趁著黑夜揮發到另一世界。

A　那我死後呢？

B　都死了還管這麼多。

（停頓）

A　要住滿二十五年，體質自然會揮發。

B　所以常會看到半透明的病人或老人囉？

A　在那裡疾病和年老只是個過程，和虛弱、痛苦無關。

B　所以沒有半透明的人。

A　有！談戀愛的人，身體會隨著愛情的濃度慢慢稀釋到百分之五十，然後，混合攪拌。

B　可是百分之五十加百分之五十還是百分之五十。

A　不要用地球的物理去污衊柏利城的愛情！

B　那如果他一次跟很多人搞呢？

A　請講話文雅一點！

B　抱歉！

B 那他可能撐不過黑夜就揮發了。

A 喔——

B 還有問題嗎？

（停頓）

A 妳怎麼不談談妳自己。

B 我在工作。

A 結束啦！

B 那我走了。

（停頓）

A 妳是不是騎大紅色摩托車？

B 你看到了？

A 沒有。妳是不是輟學中，單親家庭，討厭吃麥當勞，喜歡逛傳統市場，喜歡穿裙子卻不常常穿，做事信念是公私分明及效率，曾暗戀男性長達一年以上，卻不曾談過戀愛，曾吃過中年男性的虧……

B 妳怎麼知道？

A 我叫 David。

B 我……

A　沒關係，名字不過是謊言的開始，我只想聽聽妳真實的聲音，我想妳最近應該也發生了些事，想找人聊聊，宣洩一下情緒吧？

B　我不想宣洩，那只會惡性循環，越來越糟……

A　反正一個月後我就要走了，以後也不可能纏著妳，我們換個地方，我請妳！算是慰勞妳特別跑這一趟拿票給我，和幫我介紹柏利城的辛勞。

B　嗯！應該的！

A　妳先上去等我吧，這我來付就好。

B　好！

（B離開，A慈祥的微笑，一名歌手出來唱歌，A付完帳後離開）

第三場　嘈雜的市場或田野或森林

（B扮演檢察官）

B

請放幻燈片！

（場上有不斷播放傷口和居家圖片）

A男，三十七歲，電腦工程師，未婚。死者身上共有五處遭重擊的傷痕，凶器是鋁製球棒。致命傷在後腦，死者腦漿外流，眼球突出。其餘按順序分別是右鎖骨、雙手背、右腳脛骨和鼻梁。

B女，十七歲，景美女中，高二學生，家住台中，獨自一人上北部念高中，平時生活單純，念書用功。死者在左膝蓋有槍傷，打碎後，貫穿整個膝關節。致命傷是在頭被套上塑膠袋後，遭童軍繩勒斃。但是，現場留有另一個人的血跡，很可能是兇手的血跡。

C女，四十三歲，家庭主婦，業餘從事Nu Skin直銷，有二十歲的兒子，在台南成功大學念書，先生是服飾進口商，常到義大利或巴黎出差。致命傷在左胸，深達十五公分，一刀刺入心臟。其餘並無刺入型的刀傷。但是死者的右手臂外側和左臉的皮被削去，由於被削下的皮膚切面非常不整齊，似乎是被較鈍的削水果皮的刀削去。

D女，二十九歲，證券業衍生性商品部專員，埔里人，未婚，平時正常上下班。生前曾遭大量灌水後，遭強制的外力，口中被塞入玻璃彈珠噎死。

E男，二十一歲，亞運男子體操培訓隊員，拿手項目：雙環、跳馬，單槓。雙手、雙腳被銬，全身有二十七處割傷，傷口切面平滑，凶器是把大型美工刀，所有傷口都是順著肌肉纖維的方向切割，深度幾乎都是四公分，長短不一，從六公分到三十公分不等。死者是大量失血導致休克死亡。

很清楚的，這是一個連續殺人犯的典型案例，與集體殺人犯和瘋狂殺人犯不同。我先稍作解釋，我們可以以人、動物和天使來區分：集體殺人犯是心中對社會、對家庭或是政治，充滿憤怒，還有不滿的人，這種人自覺是深負重任、使命的革命先烈。常會向高層官員或團體投訴各種請願書，例如總統、女皇、人道組織等。但是內容常是荒謬而瑣碎的，例如某餐廳會把吃飯太大聲的人趕出去，或是某便利商店歧視不刮腋毛的人，和必定會說到自己被排斥的實例和投訴無門的困境。但這種人平常生活，實際上是無能、不容易相處和溝通不良的。

他會將自己 push 到最後執行革命的階段。這類殺人犯會先策劃整個過程，他們犯案模式是在同一事件，同一地點，殺害四人以上，時間從幾分鐘到幾個鐘頭，地點可能是讓兇手覺得自在、熟悉的環境，通常會發生在同一棟公共建築的不同房間。例如學校或辦公室。

一旦他用行動發表聲明，就不想活了，不是自殺，就是製造衝突，強迫警方執行最後最壯烈的自殺。與其說是殺人的動機或慾望，不如說是像寫一部自傳的小說，透過華麗耀眼的集體屠殺，喚醒麻木不仁、失去知覺的社會大眾，小說最後則是以自己充滿光輝的犧牲爲Ending。

瘋狂殺人犯，或是稱做無差別殺人狂。是一隻耽溺在衝動、暴力、快感的動物。對於社會、法律及道德的各種規範視若無睹。將世界視爲以力量爲基礎，弱肉強食的自然生態，將其它人視爲逃竄的獵物。個性喜怒無常，暴飲暴食，自制力薄弱。這類殺人犯犯案模式是在幾小時到幾天內，在不同的地點大量殺人，每次行兇之間並沒有冷卻期，所以動作很快，無法預測，例如半年前發生在美國俄亥俄州小鎮的喬治森事件，兇手選擇受害者的方式是看門有沒有鎖，沒鎖就直接進去掃射殺人。兇手的憤怒通常是沒有經過計劃，作案手法十分粗糙，比較會留下線索，甚至會留下眞實姓名，所以很快就可以知道是誰幹的，比較困難的是兇手飄忽不定的行蹤和下落。因爲殺人狂兇殘和熱愛獵殺的個性，通常抓到後，已經是躺在冰冷瓷磚平台上，法醫面前的屍體了。

連續殺人犯，不像集體殺人狂，是沉重的人，也不像瘋狂殺人狂，是衝動的動物。他們是幫上帝傳遞訊息，冷靜而沉穩的天使。自大的他們，從不認爲會被警方抓到，行兇期間相當長，屠殺的對象依各案例的不同而不同，他們享受控制被害者的過程，享受恐懼帶來的韻律，「虐待」對他們而言，是相當重要的儀式，像祭典前的歌舞，決定了神聖的愉悅，作愛前的愛撫，決定了高潮的分貝。作案手法十分精緻，也非常難捉摸。通常這類殺人犯會仔細收集相關剪報，被抓後，相當喜歡鈞律師、警察或其他人的胃口，同時又愛炫耀自己的歷史，一旦開口，會相當鉅細靡遺的描述犯案經過，及死者生前所有的表情變化。

在這案例中，我們可以歸納出三個共通點：

第一、命案發生的第一現場即是死者家。犯罪現場門窗都未遭到破壞，家中物品陳列整齊，並沒有劇烈打鬥痕跡，應該是熟人所爲，但在這些死者間並無任何朋友和工作上的關聯。

第二、凶器都是原死者的物品。除了綑綁的用具和其中的槍外。其餘如鋁棒、美工刀、水果刀、童軍繩和玻璃彈珠都是從現場臨時取得。

第三、兇嫌曾與死者長時間相處。我們推測兇手，男性，身材矮小，不超過一六五公分，頭髮中分，從小喜歡窩在媽媽的懷裡聽故事，享受故事的高潮。通常給人的印象是溫和有禮，安靜而懦弱，可能有偏執的宗教傾向，虛僞的多愁善感，不愛看連續劇，但有戲劇的經驗，高學歷，騎摩托車或是國產車，不愛慕虛榮，也不憤世嫉俗，不吸毒，不吃茄子和苦瓜，愛喝養樂多，愛手淫，常運動。初次見面會讓人很放心，會讓人滔滔不絕，像面對一位沉靜的牧師，想把心中淤塞發臭的污泥通通掏出來，他以他即興的功力，讓女性陶醉在自己的母愛光輝中，讓男性痛快地膨脹體內的隱性陽具，會讓對方講了很多話後，反而覺得他很健談。兇手擅於分析及詮釋人性，對於人性有相當大的潔癖。

這五位死者的犯案間距幾乎都是三個月。對他而言，殺人的過程，即是解脫，他的暴行不是ending，只是謝幕，然後，潛逃，籌備另一齣戲的演出，最近新聞將這案件炒得很大，我們要愼防兇手潛逃出境。

另外，我們可以從死者的傷口，重建當時兇嫌淩虐的經過，或是儀式進行的程序。在相知相惜的談心之後，被害者熱情地邀請兇手續ㄊㄨㄚ，在兇手巧妙地推拖後，不僅續ㄊㄨㄚ。還會順利地邀請進入被害人家中，一進入被害人家中，兇手就會開始從先前的談話資料，構思如何用現場的實景道具，爲被害人打造一適當的角色和情節。由於放心，所以要限制被害人是很容易的一件事。接下來，兇手扮演祭司和精神分析師，慢慢勾出被害人心中的恐懼和寂寞。以開放自由的口吻，讓被害人聆聽自己的罪狀，同時可以反駁或提問。沒有什麼對或錯，因爲，世界沒有眞理，而兇手，就是眞理，就是道路。最後，儀式的高潮，兇手以虔誠的態度，拿著兇器，雕琢死者最後的圖騰。

（警探比畫示範）

A男的骨頭，被鋁棒以不同角度，十分精準的方式，打碎，右鎖骨、雙手背、右腳脛骨、鼻粱，然後後腦勺。D女，周圍留有許多尿液，兇嫌一瓶，又一瓶、一瓶、一瓶的灌入。消化系統、呼吸道中都是，一顆，一顆的玻璃彈珠，一顆一顆，E男的割傷相當筆直，像精準的鑽石切割師，一道、一道、慢慢的，一道，直直的，C女的皮膚一條、一條、一條的落下，像秋天順著落葉，一片、一片、一片的翻紅，落下，空氣，不知不覺的，冷了起來。

（警探微笑，沉默，表情沉重）

面對這種兇手，應該恢復最殘酷的死刑，將五馬分屍、斬首、凌遲的過程，在大眾面前執行，如果，這個社會無法負起道德的教育，那就由我們警察單位執行，像古代用地獄的景象，勸人向善一樣。讓恐怖生猛的死刑過程，一刀一刀地烙印在良心的位置，讓恐懼代替自我克制的動力。讓所有骯髒的罪惡，在純粹的死亡面前消失。各位同仁，我們這裡是這社會僅存善惡的仲裁地，不要聽信人道團體的虛僞，他們就是這種兇手的幫兇，他們舉著相同人性的旗幟，喊著同樣感性的標語，信仰同樣的價值觀，讓自我膨脹找到精緻而悲傷的藉口，更不用說那群爲他們宣傳，像蟑螂一樣的新聞記者。站在資訊傳播的頂端，揮動靈敏的觸角，和敏捷的身手，卻只會一天到晚吃垃圾。各位同仁！沒錯！我們就是精英！倫理道德的精英！不要被這些浮華的伎倆所眩惑，不要讓這些愚民，來這裡大聲嚷嚷，踐踏聖地。看看我們眼前的例子，回想他犯案的經過和心態，這個社會居然培養了這樣的殺人犯和一群間接支持他的人，至少，也要爲了我們自己及自己家人的安全，碾爛這瘋子！他，要在別人的生命中，製造情節的高潮，那我們，就要在他的生命中製造另一個高潮，結束他的生命。我，我跟你一輩子沒完沒了!!

第四場之一 回家（1）

（B飾演殺人犯的母親，場上電視藍光）

A 媽——

（頓）

A 媽——

B 回來啦？

A 嗯！我拿些衣服。

（停頓）

B 你的東西我都沒動！

A 喔！謝謝！

（沉默）

A 有看到我的太陽眼鏡嗎？Gucci那只！

B 什麼GI——

A Gucci啦

B 上次不是拿走了？

A 喔？

（停頓）

B 還有去跳土風舞嗎？

跳什麼跳？腰受傷後就沒去跳了。

（停頓）

A 李伯伯呢？

B 喔！他生病住院了，我偶爾會去看看。

A 喔！

（沉默）

（A東西收好）

A 我走了。

（停頓）

還有錢嗎？

（停頓）

B 吭？

A 還有錢嗎？

B 沒有！

A 喔！

（停頓）

B 門記得關好。

A 我會啦！

（關門聲）

（長時間沉默）

第四場之二 回家（2）

A 媽——

A 媽——

B 回來啦

A 嗯！拿些衣服。

（停頓）

B 東西都沒動。

A 謝謝。

（沉默）

A 有看到我那件花毛衣嗎？妳在我高二時買的那件。

B 我那記得，都那麼久了，可能丟了或送人，如果家裡衣服看起來髒髒舊舊的，我就會把它丟掉，我才不希望我家的小孩，看起來像是家裡沒有錢。

A 喔！

B 如果衣服有破，就一定要丟掉，不要花錢花時間去補，補了之後，反而變成整件衣服最醜的一塊，媽媽也是怕你丟臉，不是媽媽好面子，媽媽是擔心你啦，其實，窮也沒什麼

A 丟臉的，我們家孩子都很打拼啊！又沒做虧心事。只是喔，媽是擔心喔！如果你因為破衣服被同事指指點點，然後和別人吵了起來，那不就很倒楣嗎？你脾氣又這麼衝！

B 不會啦。

A 什麼不會！世事難料啊！要防患於未然，所以啊，要注意這些最小的細節，才不會因小失大，有沒有在聽啊？

B 有啦！

A 衣服有脫線或破掉就不要了，否則抽屜老是塞一些不會穿的衣服。

B 好啦！碎碎唸碎碎唸……

（停頓）

A 你最近有沒有工作？

B 有啊！

A 啊？有沒有錢？

B 沒有啊！

A 啊，有工作沒有錢喔？

B 啊！你去看看、去客廳看看，我會留的都是一些你的獎狀、賽跑的獎牌啊之類的，你有沒有發現客廳的那些獎狀，我都重新排過了，本來是按時間，從幼稚園啊、小學一、二年級這樣排，現在是按名次喔！從市長獎、第一名、第二名這樣排，你記不記得以前小學有一次你本來可以跑第一，但是轉彎的時候摔倒，被林嘉慶超過去，還好你不小心把後面的人絆倒，才可以拿到第二名。你那些畫畫的獎狀，我把它們放到另外一區，和你那些框起來的畫……

A　眞的啊？

（停頓）

還有去跳土風舞嗎？

（沉默）

B　跳什麼跳，腰受傷後就沒去跳了。

A　李伯伯呢？

（頓）

B　死了。

A　喔！

（長時間沉默）

（A東西收好）

A　我走了！

（停頓）

還有錢嗎？

B 沒有。

A 喔。

（停頓）

B 門記得關好啊。

A 會啦！

（關門聲）

（長時間沉默）

第四場之三　回家（3）

（槍聲與回音）

A　媽！

（頓）

A　媽？

（停頓）

我回來拿些衣服。

（沉默）

A　媽，妳怎麼記性這麼差！每次喔！你每次東西放完就忘了擺那兒，像以前我最喜歡的假面超人，你說要幫我放好不要被表弟搶去玩……

（A穿著花毛衣和 Gucci 太陽眼鏡出現）

結果還不是放到不見……

A　媽？（停頓）

媽？（停頓）

是不是去跳舞了？（停頓）

還是去找李伯伯了？

（沉默）

（A東西收好）

A　媽！（停頓）我走了！（停頓）我有錢。好啦！放心啦！

（頓）

門我會關好的啦！

（關門聲）

A

第五場　升旗後進教室前（路邊的街景）

我想起我高中時代的初戀，我和她在一群人之間，踩著相同的節奏，哼著同樣的旋律，曬著同樣角度的紫外線，暖暖的。

（沉默）

窗戶的影子斜斜的，（頓）像隻慵懶的貓，趴，趴著，趴在木頭地板上，我們，直直的，唯一一次最近的距離，和她，十九年了，她的臉蛋，當時跳舞的場景，早已像肝癌末期的症狀，焦黃，憔悴，虛弱，被折磨得殘破不堪，只剩下，陽光殘留在毛細孔的餘溫和不斷重複的旋律，不斷重複，重複，重複，像神的福音，以看不見的形式滲入體內，默默地驅使我走向光明之路，這旋律，或許，就是我的動機。

（一群人出現，配著六、七〇年代的音樂跳土風舞）

第六場 我用懷疑的口吻將妳團團圍住

（A正戴著耳機，在一冰箱前吃東西，B飾狙擊手、隊長、第二、第三小隊長、攻堅、獵鷹小組）

（腳步聲）

隊長 小心，腳步放輕，各就各位，活捉獵物。

（停頓）

第二小隊回報！

第二 第二小隊四分鐘後就位！

隊長 第三小隊回報！

第三 第三小隊正往防火巷移動中，預計三分鐘後佈置完成。

隊長 好，盡可能將所有的退路封死，獵鷹小組。

獵鷹 OK，繩索備妥，只要一聲令下，隨時破窗而入，over！

隊長 很好，狙擊手回報。

（狙擊手跑到觀眾席後方）

狙擊手　狙擊手就位，視線良好，獵物正在覓食。距離六米四，沒有阻礙，命中機率九成七。over！

隊長　隨時回報禿鷹最新的狀況！

狙擊手　是，禿鷹身高約一米七十二，身材瘦長，離冰箱約二米，拿著一瓶飲料，是KIRIN啤酒，頭上戴著耳機，穿著四角綠色花內褲，上身穿一件白襯衫，身上應無配備任何武器，禿鷹應該仍未察覺獵人正在包圍。over！

隊長　OK！等大家就位後，馬上行動！

狙擊手　是，客廳家具相當少，應該只是暫時的住所，或是經濟狀況很差，禿鷹無掩蔽物，攻堅小組破門攻入，應無問題。房間格局二房一廳一衛浴，依目前獵人的佈置，禿鷹無路可逃。挑高有六米一，樑柱精簡，使得空間看起來空曠，有利於我們的獵捕行動。over！

第二　第二小隊就位！

隊長　很好。等攻堅小組破門後，再由臥室進入。攻堅小組OK了嗎？

攻堅　正在上樓。

隊長　就位後請回報！

攻堅　收到！

狙擊手　但是採光相當不好，濕氣又重，住久容易骨頭酸痛，所以房租相當便宜，行動時要特別小心。禿鷹身體晃來晃去，應該是隨著音樂擺動。好像是……陳綺貞的新專輯。等一下，禿鷹不動了。

隊　長　全體安靜！

（沉默）

狙擊手　發現我們了嗎，各組都就位了嗎？

第　三　沒事，好像只是耳機接觸不良。over！

隊　長　第三小組發現死巷中有許多障礙正在清除中，約三分鐘後完成！

狙擊手　快點！

禿鷹搖了搖耳機，停了五秒，戴回耳機，身體又開始動了起來，比之前還要興奮，動作更大，音量大概調大了吧。禿鷹將手中的KIRIN捏扁，往三點鐘方向丟掉。瓶子打到牆壁，滾了兩圈，吐出一些白泡沫後，安靜下來。

（音樂悄悄的 Fade in）

攻　堅　攻堅小組就位！

隊　長　等候時機，破門而入！

攻　堅　收到。

狙擊手　禿鷹輕巧地轉身面向冰箱，覺得自己轉得很美，再來一個，又來一個，打開冰箱，帥氣地拿出一瓶，拿出一瓶，不是，是拿出兩瓶，是兩瓶養樂多。禿鷹用拇指在第一瓶的蓋子上戳了兩個洞，很快的仰頭，一口喝掉。禿鷹以非常緩慢的速度將頭擺正，在這過程，他想到了小學，上自然科學的情形。原來，是大氣壓力，所以必須在蓋子上戳兩個洞，養樂多才流得出來，禿鷹曾經試過只戳一個，結果，養樂多以不甘願的方式，流得全身都是，想到當時全身黏黏甜甜的蠢樣，禿鷹不禁笑了起來，而且，越笑越大，越笑越大。但是，聰明的禿鷹，能夠舉一反三的禿鷹，在他年幼心中馬上想到，難怪每次外婆喝津津蘆筍汁時，都要用開瓶器戳兩個洞。難怪統一布丁倒出來吃時，要把它底部的小柱子，左右左右地扳斷，只是那根小柱子常常扳不斷，即使扳斷也因爲底部沒有洞而失敗。

第三　第三小組已清理完畢就位。

隊長　收到，全體注意，沒有命令不准射擊！

全體　是！

狙擊手　想到這二十多年前的科學啓發，不知爲何有股胃酸從食道爬上來。我拿起第二瓶養樂多，時間忽然像統一布丁一樣凝結住了，秒針似乎不能很順暢地從七走到八，時針似乎永遠不可能跨到就在他眼前的下一格。

隊長　狙擊手！

狙擊手　over，我慢慢地捲開養樂多的瓶蓋，露出白白淨淨的瓶子和液體，童年的回憶像在眼前的噴射機一架一架的飛過，一起下象棋的青梅竹馬。

A　她的媽媽眞的就是養樂多阿姨。

狙擊手　嗯，她戴個帽子，穿著養樂多制服，騎著腳踏車。

A　後面就眞的擺一個白箱子，上面寫著Yakuludo。

狙擊手　裡面放滿一排排十瓶一組的養樂多，只是……

A　沒有像廣告中一樣充滿陽光、活力，因爲，一方面基隆常下雨，天空始終陰沉，飄著細雨。

狙擊手　一方面她家裡很窮，爸爸又因爲長期生病，沒辦法工作。

隊　長　狙擊手？

A　養樂多的箱子，看起來像是個沉重的魔術箱。

狙擊手　必須從裡面變出學費、醫藥費。

A　吃飯錢和洋裝。

狙擊手　房租和三餐。

（停頓）

狙擊手　每天牽到市場賣，傍晚再牽回來。

A　一瓶五元。

狙擊手　生活中早已沒有奢侈的希望，即使有，也像養樂多一樣容易過期，或是——

A　一口就沒了。

隊長　狙擊手，請馬上給個時機行動！

狙擊手　是，看著空瓶子裡沉澱的酵母菌，我和她一天到晚黏在一起下棋的模樣，她的名字是小英吧！全名倒是忘了。現在的我，名字想丟都丟不掉，一張臉粘著一個名字，在各機場、港口，甚至社區公佈欄都有我的名字和事蹟，不想記得我都很難。音樂在不知不覺中又沒了，或許從小我就一直和這世界接觸不良吧？連耳機都要搞我！難怪這城市的雜音突然闖了進來，車聲、喇叭聲、人聲和獵鷹小組集結的聲音……

（靜默）

（A轉頭微笑，離開）

B　禿鷹要逃了！

隊長　趕快衝入！

（燈光cut out，槍聲，慘叫聲四起）

隊長　快開燈！

（燈光 cut in，狙擊手在場上東看西看）

獵物呢？

（狙擊手在場上翻來翻去很認眞的樣子）

盡速回報！

（狙擊手很認眞的找冰箱裡面）

回報！

狙擊手　報告！禿鷹飛走了！

隊　長　你們這些豬頭，還不快追！

狙擊手　報告隊長！

隊　長　有什麼發現嗎？

狙擊手　有證物……好多養樂多和青島……我……隊長要不要喝瓶養樂多？

隊　長　把飲料通通銬起來，帶回去！

狙擊手　是。

（喜孜孜地對養樂多、啤酒喃喃自語）

你們現在所說的一切，將成爲呈堂供證，你們可以請律師……

隊　長　還不快追！

（B急奔下，燈光漸暗）

第七場 一切已經腐爛和即將腐爛的象徵

（A，殺人犯，B，被害者）

A 如果我沒有做這件事，可能是另外一個人，或是一台BMW，或是一種病毒，或是妳自己，妳覺得這是意外嗎？即使我是經過長時間的策劃，長時間的等待，就像妳對待妳自己的人生一樣，妳仍舊認爲這是偶然的，意外的嗎？其實只要注意一下，我一直，埋伏在你每次呼吸的旋律裡而在妳每個音符的空隙間，我都有可能畫下最後一道休止符。

B 我計劃我的人生，我一步一步追求我的幸福，這有錯嗎？你看看你自己，緊抓著一把凶器支撐你的懦弱，用別人的血遮掩你的無能，現在又想說服我，你以爲這樣就不會內疚，就沒有罪惡感嗎？你以爲你可以說服一個人深深地愛上妳，跟你生活一輩子嗎？好吧！我愛你，你說的對極了，我沒有把你的變數，你的激情，放入我的計劃中，是我的疏忽，我眞該死，快殺了我吧！滿足了嗎？

A 我不是要跟妳爭執對錯，我也不想說服你，甚至，我也沒有殺妳的念頭，我用甜言蜜語，將我愛的人的心慢慢地擁入懷裡，這是說服嗎？ 這是誘騙嗎？是接受的問題吧！像是你無法接受我從你的生活中忽然出現一樣，妳的計劃沒有錯，妳想追求幸福也沒錯，但是，妳的視網膜中卻只剩下計劃，而對站在妳眼前的我視而不見，視而不見，這就是你的幸福嗎？

（停頓）

妳會不會覺得我們像是獨木橋上的黑羊和白羊，其實，這兩隻羊根本根本不想到對岸，他們只喜歡享受相互頂撞的快樂，享受相互折磨的嘶吼，黑羊其實早在橋的那頭算準了白羊的時間，白羊也早就猜中了黑羊的想法，他們只是不想承認，他們只想裝做若無其事，即使在上橋四目交會的那一刹那，身體裡曾經充滿顫抖的亢奮。你曾看過兩隻高談闊論的狗嗎？你曾遇過看心理醫生的貓嗎？還是你看過許願的鴨子，理性的兔子或懺悔中的變色龍？

只有會說話的你和我，才有許多的假設，許多的理論，許多的象徵，許多自以為是的思考。你該不會以爲，你說中了我的心理而沾沾自喜。你該不會以爲你精緻的比喻，會把我嚇得一身冷汗，手足無措。不好意思，讓你失望了，這些只是一廂情願的單戀，懷春少男的喃喃自語。你以爲有所謂的心理，或是內在，或是靈魂的世界？可以讓你如此放肆地、凶殘地揣測，推理嗎？像一位專制的將軍爲了讓所有的士兵站得更直更挺，下令將鐵管插入每位士兵的背後，代替原來的脊椎。心理，對你似乎是紮實的大地。但，對我而言，不過是大海中一件渺小卑微的游泳圈。心靈，不過是爲軟弱無能的人而虛構的鎮定劑，不過是存放罪惡感的潮濕的地窖。你要我接受你的出現，

A

但接受是如此粗糙的照單全收嗎？那你又爲何不接受我不接受你出現的這件事呢？或許兩隻羊一上橋，橋就斷了，或者根本沒有橋，或是其實那是兩隻會飛的羊。

太好了，我以爲我們的談話沒有交集，原來我們是站在同一個颱風眼中，濃重的雲層在我們周圍旋轉，我和你站在半徑一百公里狂亂內唯一的寧靜裡，我們是如此緊密的貼近，只不過是背靠著背。

的確，我不曾見過說抱歉的老虎，內疚的獅子，無語問蒼天的熊貓，含淚的企鵝及離情依依的海狗。沒錯，只有會說話的你和我，才有罪惡感，才有深奧的藉口，才有未來的時態，才有想像的眞實。我知道你所說的一切，我知道「心理」「內心」或「心靈」這玩意兒的矛盾。但是，就如同「矛盾」這團迷霧，是因爲我邏輯思考上的矛盾，還是語言程式本身的矛盾，或是矛盾本就是這宇宙的個性？或根本矛盾是上帝開的一個玩笑？但是，不能因爲抗生素有副作用，就不再使用；不能因爲優生學和聖經，就屠殺猶太人；不能因爲失去愛人，就看破紅塵；不能因爲荒謬矛盾，就不聞不問。符合邏輯的情話，是最差勁的浪漫，最能打動人心的甜言蜜語，全是些廢話。我聞到的是你文字和文字間的氣味，我聽到的是你聲音和聲音間的沉默。我盡可能的感受你的抑揚頓挫，但得到卻是一面冰冷的牆。我只要你看看眼前的我，不要預設我的動機，不要猜測你未來的命運。更不要將你想像的恐懼，擋在你我之間。

其實，我們倆需要的不是溝通。而是轉過身來，擁抱對方。

B　各說各話是我們的交集，緊密貼近的是彼此的虛僞！
我們站在颱風眼中，是爲了將對方擠入風暴中撕裂！
我們背靠著背，是爲了在下一個轉身給對方致命的一槍！
我給你的不是冰冷的牆，而是一面冰冷的鏡子，你是不是應該先看看你自己？
不能因爲自己懦弱，就指責別人暴力；不能因爲得不到對方的愛，就大喊我愛妳；不能因爲懶惰無能，就大嘆時運不濟；不能因爲內容空洞貧乏，就老用押韻來加重語氣！一位賣弄虛無的小丑，一位過時的喜劇演員！我已經爲你準備好 ending 的台詞，謝幕的台階。請趕快結束你乞求掌聲的演出吧。

（B拍手）

A　Bravo! Bravo!
請不要激怒我，你一直預設我會殺妳，會讓我眞的殺了妳！爲什麼殺人的動機，是我的，而不是你的？殺死那些人的兇手，根本不是眼前的我！不是被歸類爲連續殺人狂的我，或是檔案編號XTU317，獵鷹專案的我，更不是這三週社會新聞頭條的我。而是沒經過我允許的日出和日落，是霸道跋扈的春夏秋冬，是不守紀律的生老病死。
我了解，你激怒我是爲了證明自己的尊嚴，像年華老去的女人，不停地在鏡子前補妝，妳儘管地激怒我、羞辱我、踐踏我，我不會離開妳，我了解失去主人的奴隸，反而懷念沒有自由時的限制，而嚐到自由滋味的靈魂，反而遭到焦慮徬徨的吞噬。我不想失去妳，我也害怕照鏡子的瞬間找不到妳，我會好好扮演妳鏡中凝結靜止的青春。

（A移向B）

親愛的，讓我們的體溫銷毀彼此的距離。

（A抱B）

即使妳被硫酸腐蝕，即使妳被記憶摧殘，妳依舊是我的最愛。

（沉默）

（B逃脫）

B

省省你擁抱的精力吧！我們不過是兩位拙劣的演員，以不同的表演方式同台演出罷了！一個是演面無表情的布袋戲，一個是演慷慨激昂的連續劇！彼此反感厭惡，彼此反胃嘔吐。我早就知道我的命運，吃一塊肉可以用筷子，也可以用刀叉，但那塊肉就是逃不了被吃的命運！請問妳要五分熟，或七分熟？在死前，我要在你肥沃的腦中種下愛情的病毒，讓思念在你身體裡到處滋生亂竄，像一件爛毛衣有扯不完的線頭，像生命的意義有牽纏不清的說法。

你就照著空無一人的鏡子吧，憤怒都是由幻想的土壤中長出，而最悲慘的憤怒是沒有對話的爭吵。快處決我吧！像你理所當然的幹掉其他人一樣！

我並不是理所當然，如同表演沒有絕對正確的質地，況且每位演員本來就不一樣，在溝通後的共識下，演出依然可以成立，不然排戲就失去了它的意義。這並不是說沒有客觀的標準和眞理存在，但也不能說所有對錯眞理都是主觀，都是可以成立的。所以，結局不是絕對要妳死……

B　不要再迂迴的尋找眞理！兩位決鬥的劍客需要先自我介紹嗎？兩位下注的賭徒需要先討論人性嗎？我就是覺得，深深的覺得，主觀到無法反駁的客觀的覺得：你是殘暴的殺手！

A　或許，本質上是浪漫的，只是技術上是位殺手。但殘暴與浪漫有差別嗎？

B　在主觀上，我沒有要殺你。在客觀上，暴力也不是一座具體隱沒在體內的海底火山。更客觀的說，暴力根本是兩人之間驚險的空中繩索。

A　象徵，可以解決你暴力的行爲嗎？象徵，不過是詩人自怨自艾的鏡子，你以爲攀附客觀就可以爲所欲爲嗎？我主觀的認爲：客觀是主觀的老花眼，你客觀的認爲：主觀是客觀的私生子。來吧，你就客觀的殺了我。

B　不要戲弄一位虔誠禱告的信徒。

A　殺了我這主觀地愛著你，卻不被客觀的你承認的我。

B　不要在我們之間的繩索上猛澆汽油，不要燒毀我們之間唯一的橋樑。

A　那就快他媽的幹掉我！否則你要和我一起掉下去了！難道你沒有聽到我的心靈、我的靈魂、我的精神的深深深深的呼喚嗎？

B　妳看起來像是正在自焚的異教徒！

B　是的，你終於聽見我追求永恆的祈禱，你終於聽見我三位一體的情話了，我們終於不再視而不見，終於相互擁抱了。

對，死亡，一直是我器官的一部分，一直是我生涯規畫揮之不去的陰影，而且我了解，像孿生兄弟心電感應般的了解，你眞的，客觀上的，不想殺我。

A　至少，在這不斷旋轉的地球上，妳的死，將是再客觀不過的事實，妳的死，是再也不用討論的絕對！

B　那，還有什麼好說的？

（停頓）

加油！

（A舉槍朝B，停頓，將槍塞入自己口中，兩人大叫！）

第八場　遺失的北極星

（舞台上是殺人犯A被警察B追捕的過程）

（槍聲）

AOS　跑，跑得我肝腦塗地，跑得我身敗名裂，跑得我喪失記憶，跑得我失去人性，跑跑跑跑啊！

BOS　追，我追著你狂亂的呼吸，我追著你溫柔的足跡，我追著你的三心二意，我追著你的無情無義，我追我追我追追追！

AOS　衝，衝進固執的鋼筋水泥，衝上永恆的天堂之旅，衝入傳統市場的回憶，衝在無止無盡迴旋梯的喀答聲裡，喀答喀答喀答喀答。

BOS　跳，我跳過萬丈高樓，我跳過車水馬龍，我跳過小橋流水，我跳過大恨深仇，跳跳去一ㄠˋ跳。

AOS　啊——我享受妳忽遠忽近的挑逗，我享受妳饑渴兇狠的眼眸，我享受妳獸性的嘶吼，我享受全身濕透的顫抖，啊——我享受妳爲我所做的天長地久。

BOS　我不能沒有你的消息，我不能只得到你的背影，我要你，我已分不清是正義還是發洩，我要你的一切一切，我要你跪在我膝前，無怨無悔地接受我的凌虐。

AOS 累，稀釋的靈魂灑得滿街都是。

BOS 倦，鄉愁，和五年六班淡綠的風扇。

AOS 暈眩，螺旋形的箭頭，拋物線的海溝。

BOS 旋轉的森林右邊，患了癲癇失去坐標的地圖。

AOS 模糊，浪漫的失焦鐵道，如夢似幻的玻璃帷幕。

BOS 霧茫茫的交通號誌，搖搖欲墜的理性意志。

AOS 汗水狂瀉。

BOS 鹽漬眼珠。

ABOS 失去體力之後，失去的是視力。
失去年紀之後，失去的是記憶。
失去愛情之後，失去的是生命。
失去你之後，失去的是我自己。

（殺人犯逃脫了警察的追捕）

第九場　失事中的太空船——光線滲入

（A乘坐宇宙船逃離地球，B飾宇宙船長、塔台和宇宙船的廣播）

宇宙船長　我是機長David Wang，我們將在兩分鐘後進入DP一三七時光隧道，以跳躍式飛行，預定七分鐘後直達玫瑰銀河——仙后雲系——天鵝G7星的柏利太空站，在隧道飛行中，所有窗外的景物將會消失，所以各位旅客，請不用驚慌，坐回原位，並把握最後兩分鐘觀賞宇宙銀河的機會，謝謝您的搭乘，祝你旅途愉快。

（星空景物消失，二十秒後傳來一些雜音，引擎聲消失）

（二十秒後，燈光明滅不定後消失，全黑二十秒後）

廣　播　我們先來聽一首優美的音樂，緩和緊張的情緒，這是由Marty Robbins演唱的Don't Worry。

（宇宙船長及塔台無線電通話，斷斷續續兩段對話交錯，重疊進行）

宇宙船長　柏利塔台，柏利塔台，這裡是編號XTU32，衛星四度坐標系統無法啓動，請回報時空軸兌換指數，衛星四度坐標系統無法啓動，請速回報時空軸兌換指數，塔台聽得到嗎？塔台塔台——

媽的！SHIT！
喂！喂！
收不到！
聽不清楚啦！
幹！
喂——啦啦喂——
幹！
幹！幹！
這下好了！

塔台　XTU32請回答，XTU32請回答，你們誤闖磁性亂流場，現在無法標出方位，XTU32，XTU32，請將電磁網操縱系統，改爲光纖激素傳輸系統，請速改成光纖激素傳輸系統。
XTU32請不要罵髒話，趕快告知你們的方位，你們已偏離軌道，快改爲光纖操作，XTU32，XTU32，奇怪爲什麼只聽到髒話？
XTU……
（完全斷訊）

廣播　各位旅客很抱歉，請先睡一下，醒來後，我們將會抵達我們的目的地，晚安！

祝您有個好夢！

（停頓）

A　Hello？Hello？有人在嗎？

船長　你是誰啊？到駕駛艙來幹嘛？

A　抱歉！這裡太黑了……你是船長嗎？

船長　有事嗎？

A　沒事，只是突然浮在半空中，覺得怪怪的……

船長　抱歉！出了點小狀況，我們現卡在 singularity。

A　singularity？是其中一站嗎？

船長　嘿嘿，不知道了吧！singularity，奇異點。是這宇宙形成時間和空間最開始的起點，也是終點。

A　那……這裡是什麼地方？

船長　這裡，不是一個地方，但也不能算是空空盪盪。因爲連放「空」的位置都沒有。我只能說，我們現在正在「這裡」。

A　這裡？

船長　很難理解吧！簡單講，我們現在卡在時間和空間的縫隙，或是，你可以假設你坐在電視機前，轉台時，不知怎麼搞的，忽然卡在 HBO 和 Discovery 之間，而且是你人卡著喔，然後什麼都看不到。

（停頓）

A 喔？我很少看電視耶。

船長 沒關係！那你知道小叮噹的任意門嗎？

A 知道啊！

船長 我們現正卡在門上。

A 喔！聽起來好有趣！

船長 是啊！其實原理並沒有這麼簡單。首先要知道，宇宙的形成是來自幾乎是一瞬間的大爆炸。我們現在感受的時間空間都是在那一瞬間完成的。

A 聽起來很像一見鍾情。

船長 對對對，所有的慾望、思念、想像在一瞬間塞滿了整個靈魂，並且持續變化、生滅，像晴朗夜空裡滿天一閃一閃的星星。

A 哇，好美喔！

船長 是啊！就是因爲了解到這麼美的一點，我們才可以在銀河中跳躍飛行。

A 科學眞是太神奇了！那，太空船什麼時候可以修好？

船長 啊？兄弟，不瞞您一件更神奇的事。太空船壞了。

A 壞了？

船長　嗯！因為受不了混亂的坐標系統先崩潰了。
A　崩潰了？修得好嗎？
船長　很難啊。
A　很難？
船長　因為太空船整個都消失了，沒地方修！呵！呵！
A　你還笑得出來？
船長　不然怎麼辦？
　　你要不要聽音樂？
A　妳哪來的音樂。
船長　我還有扇子哩！（扇子聲）就太空船崩潰前，空調先壞掉，啊！那時候我正在聽音樂啊！來我放給你聽——
　　（放音樂，船長跟著哼）
船長　這是八十九年前的歌，是 Rolling Stone 作曲的，你知不知道 Rolling Stone？
A　滾石合唱團！
船長　對！對！這是主唱 Mick Jagger 一九六四年作給 Marrianne Faithful 唱的，那時他們鬧緋聞，鬧得很凶哩！
A　好吵喔！

（船長關掉）

船　長　抱歉！你熱不熱？我幫你搧。

兄弟啊！這……世事難料啊！

像我大學有一個好朋友，他跨過馬路去對面 seven-eleven 買可樂，不小心被車撞死。

在葬禮上，他媽問我，我兒子死前最後有說什麼嗎？我就回答她說：「靠！好熱！」

A　呵，不好笑！

船　長　我沒有要逗你笑，這是眞的，而且他死得好慘，腦漿流一地。

A　不要講了！

船　長　不會啦！

A　不會死嗎？

船　長　是不會死得那麼慘，也不會痛，很快，突然咻一下，還來不及慘叫，就馬上分解成圓滾滾的原子！酷吧！

A　我不想聽這些。

船　長　不過……因爲 singularity 是不同次元宇宙的銜接點，所以，我們有可能會突然到了另一個宇宙！

A　David，不要說了！

船長　喔。ㄟ！（頓）你怎麼知道我的名字？

A　剛剛廣播不是有說——

船長　對喔！

A　我們什麼時候會死？

船長　我也不知道。也可能就這樣一直飄著。

A　我想回家！

船長　唉——這太空船就是我的家。

A　你沒有老婆嗎？

船長　唉——我老婆死了，我和她從高中時就認識，她被殺死的。

A　她……不是念東方工商？

船長　你怎麼知道？

A　不要難過，事情過了就算了。

（沉默）

你愛她嗎？

船長　是啊！我們也快見面了！

A　David，我們會不會看到記憶像電影一樣，一幕一幕地閃過去啊？

船長　應該說是一次湧入，像把電影底片一格一格剪開，拼成一大張。
A　怎麼會這樣？
船長　好問題，我問你，一張紙上畫兩個點，最近的距離是什麼？
A　我知道，把紙摺起來。
船長　對！為什麼？
（打開扇子的聲音，兩人像說相聲，A會搭腔）
A　因為……因為就最近啊！
船長　不知道吧！因為紙，可以摺！
A　廢話！
船長　ㄟ，要舉一反三啊，牛頓被蘋果打到，就改變了物理觀念！這紙啊，是二次元的世界，我們呢，是生活在三次元的世界，所以，我們可以去摺紙，但是紙並不知道自己可以摺，即使摺了，他也覺得自己是平的。那，以此類推，如果，假設，有一個四次元的世界——
A　喔——所以可以摺疊三次元的世界，這樣就可以作跳躍飛行了！可是，這跟剛說的記憶有什麼關係啊？
船長　你念過文法吧！
A　念過！

船長　文法不是都會用數線和箭頭，說明各個時態嗎？

A　我英文不行啊！

船長　不打緊，您想想、您想想，您在二次元的數線上，畫上過去，現在兩個點點——

A　喔！這樣過去，現在啊，連未來，都可以重疊在一個點上。

船長　漂亮！就像填字謎的遊戲，所有的事情都是一個牽一個地，大夥兒擠在同一個平面上。

A　那現在不也是永遠。

船長　唉——是啊！如果我們一直卡著的話，現在即是永恆，事情也會不斷地重複。

A　那不是很無聊？

船長　無聊不也挺美的。

A　您可別挨罵了！

船長　我是 David 王！

A　我——

A　我想回家！

船長　唉——這就是我的家。

A　你沒有老婆嗎？

船長　唉——我老婆死了，我和她從高中時就認識，她被殺死的。

A　她……不是念東方工商？

船長　你怎麼知道？

A　不要難過，事情過了就算了。

（沉默）

你愛她嗎？

船長　是啊！我們就快見面了！

A　David，我們會不會看到記憶像電影一樣……

船長　你怎麼知道我的名字？

A　剛剛廣播不是有說——

船長　對喔！

A　那，太空船什麼時候可以修好？

船長　啊？兄弟，不瞞您說，太空船壞了。

A　壞了？

船長　嗯！因爲受不了混亂的坐標系統先崩潰了。

A　聽起來很像一見鍾情。

船長　對對對，所有的慾望、思念、想像在一瞬間塞滿了整個靈魂，並且持續變化、生滅，像晴朗夜空裡滿天一閃一閃的星星。

A　哇，好美喔！

船長　是啊！就是因爲……

（頓）

A　David？David？你怎麼知道我的名字？剛剛廣播不是有說。對喔！那現在不就是永遠。是啊，後面就眞的擺一個白箱子，上面寫著Yakuludo，只是……沒有像廣告中一樣充滿陽光、活力，因爲，一方面基隆常下雨，天空始終陰沉，飄著細雨，所以沒有半透明的人，除了沒有信仰和談戀愛的人。不要以爲我在開玩笑！想想歷史上的事件，爲什麼？殺人的動機是我的，而不是你的？其實，我們倆需要的不是溝通，而是轉過身來，擁抱對方，讓一切都安安靜靜，尤其，是他們的眼神，圓圓的，好可愛，好單純，對了！妳念哪裡？東方工商。喔，楊林也念那裡，我以前很喜歡她，妳呢？有人暗戀妳嗎？電機三丙的王大爲喜歡我，我們都叫他……David。你怎麼知道我的名字？你愛我嗎？

（長時間沉默）

廣播　接下來一首是一九六四年 Rolling Stone 所寫，二十三年後，Marianne Faithful 重新演唱，一九八七年的版本 As Tears Go By。

（放歌）

第十場　窗外與紙飛機

（燈亮，A&B兩個演員在台上，B幫A剪指甲）

B　不要動，會剪到手！

A　我頭好癢。

（A動來動去）

B　嘖！

（停頓）

A　好像是蕁麻疹，都是你昨天魚下巴沒烤熟。

B　魚沒熟本來就可以吃。

（A抓來抓去）

A　好久沒吃大蛤蜊了。

B　那去買啊！

A　想到剛烤好的，裡面滿滿的都是汁。

（A在想像吃大蛤蜊）

小心！

B　唉呀！翻了！太可惜了！再一個。

（一口喝掉）

啊——好爽！好爽！

B　叫你不要亂動，在High什麼啦！

（安靜）

A　生氣?!

（A指著B）

B　自己剪！

（停頓）

一直動，一直動……

A　好啦，我幫你把生氣拿出來。

（A像演默劇，作勢拿出）

不氣了？

B　還我！

（B也像演默劇，拿回揉成一團）

剪不完了啦！一直動一直動一直動……

A　好嘛！不氣，不氣！

（A拿回鋪平，摺成紙飛機）

我把它射走！

B　無聊！

A　如果一輩子都這麼無聊，不是也挺美的？

B　藉口！

（B微笑，A射飛機。兩人目送）

哇！好險！不錯耶！

（停頓）

A　嗯！飛過操場了，唉呀！要撞到公寓了！

（停頓）

AB　YA！過了！過了！

A　還滿會飛的嘛！

B　廢話！

A　好驕傲喔！

B　我教你！

（A不屑，兩人看著遠方）

A　它會飛到那裡啊？

B　那裡吧！

A　喔！哪裡啊！

B　嗯！再左邊一點！

A　喔！

（停頓）

（燈光漸暗）

換你幫我挖耳朵！

（B專心地看飛機飛）

A　快點啦！

B　啊！又生氣了！

（B幫A挖耳朵）

尾聲

雲，一朵

一朵雲，真的——

（全劇終）

——完成於二〇〇〇年

附錄：一九八九～二〇〇三台灣劇場大事紀

一九八九　九歌出版社黃美序主編之《中華現代文學大系（一九七〇～一九八九）戲劇卷》兩卷，收劇作十篇。

一九九〇　「蘭陵劇坊」、「明華園歌仔戲團」合作推出《戲螞蟻》，由陳玉慧導演。

一九九一　「南風劇團」於高雄成立。

一九九二　「紙風車劇坊」成立。

「台灣渥克劇團」成立。

兩廳院發行的《表演藝術》雜誌以月刊形式出版，爲國內唯一的劇場專業雜誌。首任發行人爲胡耀恆，主編爲黃碧端。

賴聲川將《暗戀桃花源》拍攝成電影，甚受歡迎。

「台東劇團」首演《後山煙塵錄》。

一九九三　「魅登峰劇團」成立，爲第一個官方單位「台南市文化基金會」支持的老人劇團。
汪其楣策劃，由文建會及周凱劇場基金會策劃之二十五冊《戲劇交流道》出版。
「臨界點劇象錄」演出田啓元編導的《白水》，次年應邀赴歐巡迴演出。

一九九四

文建會主辦「世界戲劇大展」，於台北國家劇院推出；邀請包括英國皇家莎士比亞劇團、日本蜷川幸雄劇團、瑞典皇家劇院和莫斯科藝術劇院在內的重要劇團來台演出。
優劇場《優人神鼓》於台北市木柵山上老泉劇場，開始推出優人神鼓表演形式。
「屏風表演班」與上海「現代人劇社」於「一九九四年上海國際莎士比亞戲劇節」合作演出《莎姆雷特》，爲兩岸合作演出之首次。
中國時報人間副刊與誠品書店聯合舉辦「人間劇展」。
「綠光劇團」首演《領帶與高跟鞋》，並於一九九六年赴北京演出。
「密獵者」由皇冠劇廣場支持下成立。

一九九五

「歡喜扮戲團」於台北市成立，首演《台灣告白》，自此開始推出系列演出。

國立台灣大學戲劇研究所成立。

「當代傳奇劇場」於台北市大安森林公園演出《奧瑞斯提亞》，一九九〇年八月理察謝喜納曾來台主持「環境劇場研習營」。

「果陀劇場」於台北國家戲劇院首演《大鼻子情聖——西哈諾》，果陀自此開始推出中文音樂劇。

「莎士比亞的妹妹們的劇團」成立，首演《甜蜜生活》。

財團法人國家文化藝術基金會成立，成爲國內藝文界最重要的補助機制，並於一九九九年起頒發文藝獎。

一九九六

首屆「小亞細亞戲劇網絡」舉辦，爲台港日三地藝文機構針對小劇場活動所組成的交流組織，一九九七年起，網絡由香港結連至東京、台北、北京、釜山各城市，於台北，由平珩「皇冠小劇場」擔任連結橋樑。

由B-Side Pub劇場舉辦第一屆〈女節〉，爲國內首見以女性議題及女性創作者爲主題的戲劇節。女人組劇團二〇〇〇年續辦第二屆。
「差事劇團」成立，除演出外，亦持續邀請亞洲地區民眾劇場來台演出。
文建會舉辦首屆「台灣現代劇場研討會（一九八六～一九九五台灣小劇場）」。
「紙風車劇團」於陽明山教師研習中心舉辦「青少年戲劇推廣活動——編導研習會」，而後仍持續進行。
臨界點劇象錄主力編導田啓元逝世。
「金枝演社」成立。

一九九七 「創作社」成立，首演由紀蔚然編劇，黎煥雄導演之《夜夜夜麻》。
姚一葦先生逝世。
屏東「黑珍珠劇團」成立，首演《我的身體，我的歌》。
「華燈劇團」更名爲「台南人劇團」。

一九九八 「台北小劇場聯盟」接掌台北市政府釋出的小劇場空間「中正二分局派出所小劇場」，舉辦首屆〈放風藝術節〉。該劇場於二○○一年更名爲「牯嶺街小劇場」。

一九九九

「身體氣象館」製作《tsou.伊底帕斯》以鄒族語發音，由林蔭宇導演，鄒族演員於北京首演。

導演賴聲川與大陸製作群、演員合作的《紅色的天空》於北京演出。

賴聲川將所有劇作集結成《賴聲川：劇場》四冊，由元尊出版。

文建會策劃主辦之第二屆「一九九九台灣現代劇場研討會（專業劇場、社區劇場、兒童劇場）」於台南市成功大學舉行。

二〇〇〇

「屏風表演班」推出「風屏劇團三部曲」回顧，重演《京戲啓示錄》、《半里長城》、《莎姆雷特》。

賴聲川《如夢之夢》演出，創下國內劇作展演時間達七小時之先例，舞台採用環形設計。

七月，以〈華文戲劇的根、枝、花、果〉爲主題的「第三屆華文戲劇節」於台北國家劇院舉辦。

皇冠劇廣場結合五位小劇場導演推出「台灣文學劇場」系列演出。

二〇〇一

教育部九年一貫開始將「藝術與人文」納入國教課程，戲劇與教育首度接軌。

果陀劇場歌舞劇《天使不夜城》與表演工作坊《千禧夜，我們說相聲》首度西進大陸演出。

年初文建會傑出扶植團隊名單公布，小劇場全軍盡墨，引起藝文界強烈反彈。年底文建會主辦「發現台灣小劇場」活動，推出十四齣小劇場作品。

鴻鴻在影片《人間喜劇》中重現臨界點代表作《白水》。影片並於世界各大影展獲獎。

劇樂部主辦「東京演劇祭」，連續邀來四個不同流派的日本前衛劇團展演。

二〇〇二

二〇〇一年朱宗慶接掌兩廳院，立意革新。國家劇院實驗劇場製作「寶島地震帶」實驗劇展，推出八齣具代表性的小劇場作品。

文建會支持諾貝爾文學獎得主高行健劇作《八月雪》搬上國家劇院，成果甚多爭議。

二〇〇三

國家劇院實驗劇場推出爲時一個月的「莎士比亞在台北」系列演出，網羅五個知名小劇場演出，爲國內首見的大型莎劇節。

《中華現代文學大系（壹）——臺灣 1970 ～ 1989》

戲劇卷

主　　編：**黃美序**
編輯委員：**胡耀恆、貢　敏**

收入 10 位傑出作家，10 篇最具代表性作品，有以象徵表現主義手法呈現複雜人際關係，有突破時空的實驗，以追求情愛談是「空」與「色」思考，更有對人生哲理的剖析探討，有的是寫實，有的是虛擬的劇本集，可供欣賞、珍藏。

精裝豪華本（全二冊）：單冊定價 420 **元**
平裝藝術本（全二冊）：單冊定價 320 **元**

《中華現代文學大系（壹）——臺灣 1970 ～ 1989》

榮獲新聞局金鼎獎

劃時代的巨獻，跨越兩個十年，樹立台灣文學新座標，面對整個中國及世界文壇。走過從前，邁向未來，傲然矗立文壇，以有限展示無限。《中華現代文學大系（壹）——臺灣 1970~1989》計分詩、散文、小說、戲劇、評論等五卷，十五鉅冊，由余光中、張默、張曉風、齊邦媛、黃美序、李瑞騰等 16 位名家，選出 300 多位作家及詩人的精品，9000 餘頁，是國內空前的皇皇巨著，熠熠發光。推出後，深受海內外各界讚譽、推崇，因此才賡續出版《中華現代文學大系（貳）——臺灣 1989~2003》。

總編輯：**余光中**

編輯委員

詩　卷：**張　默、白　靈、向　陽**

散文卷：**張曉風、陳幸蕙、吳　鳴**

小說卷：**齊邦媛、鄭清文、張大春**

戲劇卷：**黃美序、胡耀恆、貢　敏**

評論卷：**李瑞騰、蕭　蕭、呂正惠**

精裝豪華本 15 冊定價 8380 元

平裝藝術本 15 冊定價 6880 元

《中華現代文學大系（貳）——臺灣 1989 ～ 2003》

承續《中華現代文學大系（壹）——臺灣 1970 ～ 1989》的大業，本輯銜接兩個世紀的文壇風貌，展示台灣各類型菁英作家的才華，爲華文世界再樹新里程碑！《中華現代文學大系（貳）——臺灣 1989 ～ 2003》計分詩、散文、小說、戲劇、評論等五卷，十二鉅冊，由余光中、白靈、張曉風、馬森、胡耀恆、李瑞騰等 16 位名家，選出 300 多位作家及詩人們具代表性的精采作品，值得閱讀、典藏。

總編輯：**余光中**

編輯委員

詩　卷：**白　靈、向　陽、唐　捐**

散文卷：**張曉風、陳義芝、廖玉蕙**

小說卷：**馬　森、施　淑、陳雨航**

戲劇卷：**胡耀恆、紀蔚然、鴻　鴻**

評論卷：**李瑞騰、李奭學、范銘如**

精裝豪華本 12 冊定價 6200 元

平裝藝術本 12 冊定價 5000 元

中華現代文學大系(貳)

——臺灣 1989 ～ 2003

戲劇卷

A Comprehensive Anthology of
Contemporary Chinese Literature in Taiwan,1989-2003
Drama

總 編 輯／余光中
編輯委員／胡耀恆　白　靈　張曉風　馬　森　李瑞騰
紀蔚然　向　陽　陳義芝　施　淑　李奭學
鴻　鴻　唐　捐　廖玉蕙　陳雨航　范銘如
發 行 人／蔡文甫
發 行 所／九歌出版社有限公司
臺北市八德路 3 段 12 巷 57 弄 40 號
電話／(02)25776564 ·傳真／(02)25789205
郵政劃撥／ 0112295-1
登記證／行政院新聞局局版臺業字第 1738 號
網　　址／ www.chiuko.com.tw
印 刷 所／晨捷印刷公司
法律顧問／龍雲翔律師·蕭雄淋律師·董安丹律師
初　　版／ 2003(民國 92)年 10 月
定　　價／戲劇卷(全一冊) 平裝單冊新台幣 290 元
精裝單冊新台幣 390 元
ISBN 957-444-081-8

國家圖書館出版品預行編目資料

中華現代文學大系（貳）.臺灣一九八九-
二〇〇三 戲劇卷／胡耀恆主編 --初版.
--臺北市：九歌，2003〔民 92〕
面； 公分.

ISBN 957-444-080-X（精裝）
ISBN 957-444-081-8（平裝）

830.8 92012285